Anna Rothpletz
Der Vorabend des Weihnachtsfestes

Anna Rothpletz
Der Vorabend des Weihnachtsfestes

1.Aufl.
Taschenbuch – Literatur - Klassiker
Herausgeber Frank Weber, Marburg
Bibliografische Information der Deutschen Nationalbibliothek:
Die Deutsche Nationalbibliothek verzeichnet diese Publikation in der Deutschen
Nationalbibliografie; detaillierte bibliografische Daten sind im Internet abrufbar über
http://dnb.dnb.de
© 2021 A Anna Rothpletz
ISBN: 9783754324592
Herstellung und Verlag: BoD – Books on Demand, Norderstedt

Anna Rothpletz

Der Vorabend des Weihnachtsfestes

Was ist's, das in den Tagen des Advents, wenn die Stürme des Dezembers unfreundlich wüthen, und schaurig dunkle Wolken keinem Sonnenblicke den Durchgang verstatten, dennoch die Gemüther der Menschen heiter stimmt und alle häuslichen Interessen in regerem Leben durch einander treibt? Wo liegt der Grund der frohen Erwartung, die man nicht nur in den holdseligen Gesichtern der muntern Kinderschaar abgezeichnet sieht, die sich auch in den Zügen älterer Personen, oft mit einer sanften Wehmuth vermischt, so sichtbar zeigt? Und warum werfen die Lichter des Weihnachtsfestes einen so wohlthätigen Schimmer auf die dunkle Erde, daß ihr Glanz die düstern Schatten der Nächte durchdringt, die in diesem Theile des Jahres beinahe dem Tage nicht mehr zu weichen vermögen? Warum entzünden sie selbst in den zerrissenen Herzen die Flammen der Hoffnung und erneuerten Lebensfreude?

Beinahe alle Menschen fühlen sich in jenen Tagen, wo der Schimmer eines göttlichen Lichts dem armen, irrenden Geschlechte aufging, mehr als gewöhnlich erregt und still fröhlich; es ist ein heimliches Treiben und Walten überall, wo nicht der Jammer dieses Erdenlebens jede aufkeimende Blüthe geknickt hat. Selten nur ist irgend Einer so arm oder so ganz mit sich und dem Dasein zerfallen, daß er nicht die Einwirkung einer Epoche empfinden sollte, die gleichsam mit mystischem Scheine das Herz und die Sinne umfängt; selten sind die, denen nicht wenigstens in diesem einen Momente des ganzen Jahres eine Regung der Freude gegeben ist, und deren matter Brust sich kein Laut des Frohsinns zu entwinden vermag. –

Es sind die Bilder unserer Jugend, die leise grüßend an uns vorüber gleiten; es sind die Erinnerungen an eine Zeit, wo die Welt noch in überirdischem Glanze vor den jugendlichen Sinnen lag, und Alles, was herrlich und groß und lieblich sich dem kindlichen Auge darstellte, so leicht zu erreichen schien, die mit ihren harten Schwingen das enttäuschte Herz beschwichtigen und es noch einmal zurückführen in die Tage der heitern Kindheit; es sind die Freuden längst vergangener Zeit, deren verwelkte Blumen sich uns noch einmal auffrischen, und deren Andenken wir in der Sorge um *die*, welchen an unserer Statt nun die Genüsse der frohen Jugend gegeben sind, festzuhalten streben. Auch die ärmsten jener Kleinen, denen der Heiland das Reich Gottes verhieß, freuen sich, so lange die Mutterliebe, die Alles möglich zu machen weiß, an ihrer Seite steht, einer unbedeutenden Gabe, die auch auf sie einen Strahl der Millionen Lichterchen hinleitet, welche in reicher Eltern Hause die jubelnden Kinder entzückt. Auch in der kleinsten Hütte weicht die bittere Sorge auf einzelne Minuten irgend einem Genusse, der nur darum erfreuen kann, weil sonst die Befriedigung der ersten Bedürfnisse nur selten über die niedere Schwelle tritt. Und wo der Jammer eines verkümmerten Daseins zu groß ist, um auch dieser geringen Erleichterung Eingang zu gestatten, da fällt der Abglanz einer höhern Weihnachtsfreude in das verarmte Herz und führt die Seele von den Entsagungen dieses Erdenlebens hinweg den schönen Hoffnungen zu, welche die Feier des Weihnachtsfestes zur frohen Gewißheit macht.

Mit glänzender Umgebung erhebt sich hingegen die Weihnachtsfreude in den Häusern der Reichen und Wohlhabenden, denen wohl der Kummer unter jeder Gestalt nahen kann, denen aber der Mangel und Alles in seinem Gefolge, das so mächtig auf das innere und äußere Leben wirkt, fremd bleibt. Laut und schallend treibt sich die fröhliche Menge in den Straßen großer Städte, die der Wiederschein glänzender, mit allem Ueberflusse asiatischer Pracht prangender Buden erhellt, und die von dem Schimmer der unzähligen Lichter freundlich belebt sind, welche die Bescheerungen umgeben, die nicht auf das Bedürfniß berechnet, und Alles erschöpfend, was nur die Lust der Sinne zu reizen vermag, oft in dem Herzen der kleinen, unschuldigen Wesen, denen sie bestimmt sind, entweder die schlimme Begierde nach immer glänzendern Besitzungen rege machen oder, indem sie alle ihre Wünsche befriedigen, den jungen Gemüthern viel zu frühe eine Uebersättigung geben, deren nachtheiliger Einfluß durch das ganze übrige Leben sichtbar bleibt. Der rauschende Lärm, das Wogen der lustwandelnden und kaufenden Menge, die Fröhlichkeit, die sich selbst oft gegen den eigenen Willen mitten in diesem bunten Gewirre des Geistes der Theilnehmer bemächtigt, das Sinnen und Trachten nach Zerstreuung und Vergnügen, entfernt natürlicher Weise jeden ernstern Gedanken an die Veranlassung des frohen Festes, der vielleicht mehr als jeder andere geeignet wäre, dauernde Freude zu verbreiten, und Alles taumelt und rennt von einer Lust zu der andern, bis der Schall der mitternächtlichen Glocken den lauten Jubel übertönt, bis die Menschenmenge in die mit tausend Lichtern geschmückten Tempel wallt, und unter dem schönen Chorgesang: »Ehre sei Gott in der Höhe, und Friede auf Erden!« die sterbliche Natur es fühlt, daß ein erhabneres Interesse dem irdischen Tand vorangehen sollte, und auf die Knie sinkend das Göttliche in sich aufnimmt und den Herrn der himmlischen Heerschaaren freudig anbetet.

Weit einfacher, stiller, aber gewiß nicht minder zweckmäßig, geht in den kleinern wie in den größern Städten der reformirten Schweiz die Feierlichkeit, wie die Freude der Weihnachtsabende und vorzüglich des wichtigsten vorüber, der dem Menschengeschlecht die herrliche Kunde brachte:»Euch ist ein Heiland geboren!« Beschränkt in ihren Hülfsmitteln, sich selten über den glücklichen Mittelstand erhebend, kennt die größere Zahl der Einwohner kaum dem Namen nach alle die Gegenstände des höchsten Luxus, die anderwärts als Bedürfniß erscheinen. Hier ist wirklich die Freude des Christfestes noch in ursprünglicher Reinheit zu finden; und wenn irgend Etwas außer dem heimlich erregten, diesen Tagen eigenthümlichen Sinne noch auf die Gemüther bedeutend wirkt, so ist es das Entzücken der Kinder, es find die kleinen wohlthuenden Ueberraschungen, die von Freunden und Bekannten einander gemacht werden, nur selten aber die Grenzen einer lobenswerthen Bescheidenheit übersteigen. Freilich sprechen die reformirten Kirchen, von allem äußern Schmuck entblößt, vielleicht zu einfach für die von solchen Eindrücken abhängenden Menschen, nicht so feierlich und erregend zu den Andächtigen, die in ihrem Raume sich sammeln; freilich rufen nicht in mitternächtlicher Stunde die Glockentöne zum Tempel, sondern sie thun es im abendlichen Dämmer-lichte, wo der Geist noch nicht so gespannt und das Herz noch nicht für alles Ungewöhnliche so empfänglich ist; freilich schimmert statt dem Glanze von tausend Lichtern, die in magischer Beleuchtung die Sinne überraschen, nur hie und da ein einsames Lämpchen, dessen einzelner Schein die Gegenstände in unsichern Umrissen kaum erkennen läßt: aber in diesem feierlichen Dunkel, abgezogen von allem äußern Einflusse, sammelt sich die Seele zu wohlthätiger Betrachtung; – in deutlichen Bildern geht das Schlimme und Gute des verflossenen Jahres an dem innern Auge vorüber, das bange Herz öffnet sich bereitwillig den göttlichen Verheißungen, der Kummer, dessen jedes Wesen, sichtbar oder unsichtbar, gewiß seinen Theil trägt, mildert sich, es werden Entschlüsse gefaßt, deren heilsame Folgen sich oft auf das Leben erstrecken, und wenn die einfachen Töne der Orgel, jeden Schmerz beschwichtigend, die befriedigten Menschen nach Hause geleitet haben, und in stiller Freude jeder Einzelne des kommenden festlichen Morgens gedenkt, so empfängt ihn daheim der Jubel jugendlicher Wesen; die brennenden Lichter, die anmuthige Wärme, der einladende Theetisch, um den sich bald ein kleiner traulicher Kreis sammelt, vollenden den Genuß des freundlichen Abends, und in dem Bewußtsein, daß nur das häusliche Glück es sei, um dessen willen es sich lohne, gelebt zu haben, gehen nach einigen Stunden Alle zu der friedlichen Ruhe über, die einem solchen Feste geziemt.

Ein Bild solcher einfachen Weihnachtsfreuden, solcher still, aber mächtig empfundener Eindrücke, denen einige zusammentreffende Umstände eine höhere Bedeutung gaben, legen wir in diesen Blättern den Lesern vor die Augen, wünschend und hoffend, es möge hie und da ein Laut zum Herzen sprechen, und denjenigen, die das Leben hart getroffen hat und denen der Weihnachtsabend kein freudiges Gefühl zu geben vermag, wenigstens eine erleichternde Stunde verschaffen.

In der freundlich hellen Stube ihres Unterhauses saß an dem Vorabend des Weihnachtsfestes Frau von Detmund, die ziemlich bejahrte Wittwe eines der ersten Beamten in einem der Kantone der deutschen Schweiz, die, von Sehnsucht nach einem stillen, von der Welt abgezogenen Leben getrieben, nach dem Tode ihres Gatten sich in einem der kleinen Städtchen angekauft hatte, welche in unserm Vaterlande sich so zahlreich finden und mit allen Nachtheilen eines beschränkten Wirkungskreises auch viele Vortheile verbinden, die man vergeblich in den Mauern größerer Städte, mitten unter den mannigfaltigen Beziehungen des höhern gesellschaftlichen Lebens suchen würde. Die Umgebungen, in denen wir sie heute zum ersten Mal erblicken, sind etwas seltsam, aber mit dem ganzen Aeußern übereinstimmend, das den Beobachter in zartem Wohlwollen anspricht, und dessen einzelne Züge unwidersprechlich den Weich derjenigen beurkunden, die, den eigenen Täuschungen längst entronnen, fern allen Ansprüchen, die das Herz in frühem Jahren macht, dennoch beiden nicht so entfremdet ist, daß sie es nicht vermöchte, den Wünschen und Hoffnungen Anderer mit mildem Sinne entgegen zu kommen, und den Reiz des Lebens in dem Wiederscheine fremden Glückes zu finden. Auf Tischen und Stühlen, auf dem Kanapee und rings auf dem Boden lagen ausgebreitet eine Menge Dinge, deren Mannigfachheit leicht errathen ließ, daß sie Personen von ungleichem Alter und verschiedenartigem Geschmacke bestimmt sein müßten. Auf bunten Shawls ruhten Hanswürste und Bullenbeißer, köstliche Zeuge mischten sich mit Trommeln, Peitschen und Puppen; Nähkästchen und Schreibpulte hielten sich traulich Gesellschaft und natürliche und künstliche Blumen pflegten bei vergoldeten Nüssen, Zuckerplätzchen, Makaronen und Leckerbischen jeder Art gemeinsame Ruhe.

Frau von Detmund saß auf einem Lehnstuhle, vor ihr stand ein Tischchen, auf welchem ein schöner hoher Weihnachtsbaum prangte, der oben mit Lichterchen und glänzenden Gaben der mannigfaltigsten Gattung geschmückt werden sollte, von denen sie eine nach der andern, an rosenfarbene Bänder gereiht, einer jugendlich hohen Gestalt darbot, die neben ihr stehend sich bald auf den Spitzen der fein gebildeten Füßchen wiegte, bald den Lockenkopf tief hinunter bückte, um die dargereichten Gegenstände in geschmackvoller Mischung an die Aeste zu knüpfen. Ein Blick reichte hin, um das emsig beschäftigte Mädchen als eine südliche Natur zu bezeichnen; denn diese dunkle und dennoch belebte Gesichtsfarbe, dieses schwarze Rabenhaar, diese tiefen Augen voll innerer Gluth und die gewandte, leichte Sylphidengestalt mußte beinahe das südliche Frankreich oder Italien als Vaterland verrathen, wenn auch nicht der holdselige Mund die deutschen ungewöhnlichen Laute in sonderbaren Veränderungen wiedergegeben und hingegen mit seltener Geläufigkeit französischen Sätze, die Ausrufungen und liebkosende Worte, zwischenein geflickt hätte.

Auf einem kleinen Stühlchen kniete an der andern Seite neben der alten Frau das leibhafte Gegenstück zu dem vorhin beschriebenen. lebendigen Wesen; eine zarte, beinahe ätherische Figur, eine Fülle von blonden Locken, ein Auge, in welchem sich das lichte Blau des Himmels zu spiegeln schien, und die Blüthe der Lilien und Rosen auf der zarten Haut ließen eine jener Schönheiten ahnen, die unter den Strahlen einer heißen Sonne nicht gedeihen können, und welche nur ein kälteres Klima hervorbringt. In freundlicher Liebe ruhte ihr Blick auf den geistreichen, oft muthwilligen Zügen ihrer Gefährtin, deren heitere Scherze ihr recht zu behagen schienen, ohne daß sie dieselben zu erwiedern sich berufen gefühlt hätte; denn so verschieden das Aeußere der beiden Mädchen erschien, eben so ungleichartig waren die Einzelnheiten ihrer Charaktere, und lebendiger Frohsinn von der einen, tiefer Ernst von der andern Seite hätten es beinahe unbegreiflich gemacht, wie diese beiden heterogenen Gemüther sich lieben und verstehen konnten, wenn nicht dem scharfsichtigen Menschenkenner täglich klar werden müßte, daß eben die verschiedensten Naturen einander mit der innigsten Liebe zu umfassen vermögen, während die allzu übereinstimmenden sich unwillkürlich von einander abgestoßen fühlen.

So wie die Freundschaft die beiden jugendlichen Herzen enge ver-knüpft hatte, so waren sie von verwandtschaftlichen Banden fest umschlungen und vereinten sich noch unauflöslicher in der tiefen Verehrung, in der unbegrenzten Anhänglichkeit an die edle Frau, die den frühe Verwaisten Großmutter und Mutter zugleich war, und in dem heitern Sinne, welcher von den Enkelinnen ausging, die eigene Jugend wiederfand. Nicht immer hatte Frau von Detmund eine so wohlthuende Ruhe genossen, wie sie das eben entworfene Gemälde und das verklärende Lächeln ausspricht, das ihre Züge erhellt, wenn ihr Auge auf den beiden Lieblingen weilt, die sich so sichtbar bestreben, der theuern Großmutter behülflich und gefällig zu sein, Ein Leben, reich an Schmerz und bitter empfundenen Entbehrungen, war ihr langsam und trübe an der Seite eines ungeliebten Gatten dahin geschwunden, den nicht eigene Wahl, den fremder Wille ihr gegeben hatte, und dem nur die eiserne Pflicht angehörte, während ihr Herz einem jungen Freunde folgte, von welchem ungerechte Gewalt sie getrennt hatte, und der von seiner hoffnungslosen Liebe durch Länder und über Meere getrieben ward. Mit dem Gefühle eines unstillbaren Heimwehs an einen Mann gefesselt, dessen gemüthlicher Sinn in einem abgezogenen Geschäftsleben längst untergegangen war, der für hohe Weiblichkeit wenig empfänglich, die Frau nur als die oberste Dienerin seines Hauses ansah, und wenn sie für Wäsche, Kleidung und den Bestand seines Hauswesens gesorgt hatte, weiter Nichts von ihr verlangte, noch viel weniger geneigt war, ihr etwas Besseres zu geben, als den Namen seiner Gattin und der Mutter seiner Kinder, vermochte Frau von Detmund in den ersten Jahren ihrer Ehe nur mit dumpfer Ergebenheit ihr Leben fortzuschleppen, und oft und sehnsuchtsvoll suchten die flüchtigen Gedanken, den trennenden Raum schnell durcheilend, den Geliebten ihrer Jugend auf, und mit seinem Bilde traten auch die Träume einer glücklichen Liebe aus dem Dunkel der Vergangenheit hervor. Erst als die Mutterliebe ihr Recht geltend machte, als ein Sohn und später noch zwei Töchter Ansprüche an ihre Sorge und Thätigkeit zu machen begannen, erst da entfaltete sich aufs Neue die Blüthe der innigsten Liebe, die, wenn auch unverstanden und zurückgedrängt, dennoch in des Weibes Brust nie erstickt und aus Mangel an mündigen Gegenständen derselben so oft auf Unmündige übergetragen wird. Mit leidenschaftlicher Hingebung weihte sie sich den kleinen Wesen, die in ihr allein die Zärtlichkeit fanden, welche sonst dem Vater- wie dem Mutterherzen eigen ist, die aber Herr von Detmund, dessen Trockenheit sich auch auf dieses Verhältniß ausdehnte, nicht zu empfinden schien. Die Stelle, die früher in ihrer Brust dem Festhalten an theure Erinnerungen, dem Andenken eines geliebten Geschiedenen gewidmet war, wurde nun ganz von dem mächtigen Gefühle eingenommen, das nie altert, nie sich schwächt, das Zeit und Raum, das Tod und Grab überlebt und das also unwidersprechlich einem bessern Dasein angehört. Das Bild ihrer zerstörten Hoffnungen trat allmälig in den Hintergrund; stiller und immer stiller ward es in ihrem Herzen, das Gefühl, das der Mutterliebe unausgesetzt zur Seite schreitet, der schöne Glaube, die herrlichen Hoffnungen, welche die Religion uns gibt, und ohne welche des Weibes Seele sich nicht ganz und unbedingt ihren schweren Pflichten hinzugeben vermag, bemächtigte sich ihres ganzen Wesens; in dem frohen Kreise ihrer Kinder, unter ihren zärtlichen Liebkosungen, bei der Freude an ihrer Entwicklung fühlte sie nicht mehr, daß der höchste Zauber des Glückes ihrem Leben gefehlt hatte, und selbst die Gleichgültigkeit oder vielmehr die Abneigung gegen ihren Gatten wandelte sich in Wohlwollen um, denn er war ja der Vater der süßen Geschöpfe, in denen sie ihr einziges Glück fand.

Ein Reihe von Jahren hindurch blieb diese Ruhe in ihrer Brust heimisch. Die Erziehung der Kinder war ihrer Leitung überlassen; sie durfte nach Willkür die schönen Blüthen pflegen und dem Entwickeln guter Eigenschaften, edler Vorzüge des Geistes und Herzens und dem Aufblühen körperlicher Schönheit mit wonnigen Empfindungen zuschauen. Jede neu entkeimende Fähigkeit, jede erlangte Geschicklichkeit, jeder mit Erfolg bekämpfte Fehler schienen ihr Bürgen für das Glück ihrer Kinder, deren Zukunft sie in treuem Herzen trug, und für die Erhaltung eines Daseins, welches ihr früher als eine nicht zu ertragende Bürde vorgekommen war, stieg jetzt täglich ein stilles Gebet zum Himmel, damit ihr vergönnt sein möge, die Ausbildung der geliebten Kinder zu vollenden.

So blieb es aber nicht immer; neue und schmerzlichere Stürme warteten der edlen Dulderin, damit auch sie, wie manche ihres Geschlechts, in der Tiefe herber Trübsal die Vollendung hoher Weiblichkeit erreiche, die überall, wo sie gefunden wird, ein Bild dessen darstellt, was im wahren Sinne des Wortes die Bestimmung der Frauen auf Erden sein soll. Den ersten, fürchterlichen Schlag brachte ihr die gebieterische Entscheidung ihres Gatten über seines vierzehnjährigen Sohnes Zukunft, den er in dem väterlichen Hause, unter der mütterlichen Aufsicht nicht mehr gut aufgehoben glaubte und darum in eine Pensionsanstalt zu thun entschlossen war, bis er die Universität beziehen könnte, um sich dort zum Staatsmanne zu bilden. Ohne Vorbereitung, ohne die mindeste Berathung mit seiner Gattung nöthig zu glauben, hatte Herr von Detmund ihr die Nachricht angekündigt, die ihr Herz zerriß, ohne daß sie Hoffnung gehabt hätte, die Trennung von sich abzuwenden. Vergeblich blieb die Vorstellung, Wilhelm könne ja unter den Augen seiner Eltern, bei sehr günstigen Erziehungsanstalten in seiner Vaterstadt, sich weit besser ausbilden, als in fremden Umgebungen, welche vielleicht, seinen Charakter und seine Fähigkeiten nicht genug berücksichtigend, beiden eine schiefe Richtung geben könnten. Vergeblich wurde von dem beängstigten Mutterherzen die Sorge ausgesprochen, schlimme Gesellschaft, Mangel an Aufsicht möchten den lebhaften jungen Menschen, der noch nicht Stärke genug erlangt habe, um reizenden Verführungen aller Art zu widerstehen, irre leiten; vergeblich blieb jede dringende Bitte der Frau, die zum ersten Mal es wagte, sich dem oberherrlichen Willen entgegen zu setzen, und binnen einem Monate verließ Wilhelm seine Heimat, um mitten in einen Schwarm junger Leute geworfen zu werden, unter denen vermuthlich manche sich fanden, welche längst die Zucht und Sitte vergessen hatten, die ihnen in dem elterlichen Hause eingeprägt worden war. Sollte man nicht in unserer Zeit, die so reich an Schul- und Erziehungsverbesserungen jeder Art ist, vielleicht allzu wenig sorgsam für die Auswahl sein, die man mit den sogenannten Pensionen trifft, deren Unzahl für Jünglinge und

Mädchen mit jedem Jahre überhand nimmt? Sollte man nicht öfters die Entfernung der Kinder aus der stillen, traulich häuslichen Umgebung allzu sehr beschleunigen und dadurch die Gefahr für die noch unausgebildeten Gemüther vermehren? Daß die jungen Leute, daß besonders die jungen Männer in die Welt, unter Fremde gerathen müssen, um für das Leben und seine vielfachen Anforderungen tüchtig zu werden; daß auch den Mädchen eine beschränkte Entfernung aus der Heimat, eine Angewöhnung an andere Sitten, andere Menschen, an fremden Willen Noth thut, damit sie nicht einseitig werden, sondern sich in spätere Verhältnisse zu fügen verstehen, ist eine Wahrheit, die nur selten mehr bezweifelt werden wird. Allein warum, wenn die häuslichen Beziehungen nicht ungünstig sind, warum eilt man so sehr, die jungen, kaum angeleiteten, keineswegs im Guten befestigten Wesen einer fremden Welt preiszugeben, deren unbekannte Gefahren so oft im Keime ersticken, was, gepflegt und unter dem schützenden Einflusse der Elternliebe entblüht, nicht so leicht zu zerstreuen gewesen wäre, und seine segensvollen Einwirkungen auf künftige Geschlechter hätte verbreiten können? Warum überhaupt ist aus der Erziehung eine Treibanstalt gemacht worden, in welcher sich die Kinder erwachsene Menschen dünken, ehe ihre Fähigkeiten sich entwickelt haben, wo sie sich der Spiele ihres Alters schämen, um sich dagegen Leidenschaften und Beschäftigungen hinzugeben, bei welchen sie ihre schöne Unbefangenheit verlieren, und oft schon bei den Eintritt in das wirkliche Leben übersättigt, enttäuscht, als kindische Greise dastehen?

Frau von Detmund hatte ihren Sohn mit allen bangen Vorgefühlen der Mutterbrust von sich gelassen; alle ihre Sorge, alle ihre Liebe folgte ihm an den fernen Ort seiner Bestimmung, wo ihr Auge ihn nicht bewachen, ihre freundlich warnende Stimme ihn nicht erreichen konnte. Schwerlich hätte sie die Angst ihres Herzens ertragen, wären nicht zwei eben so theure Gegenstände ihrer mütterlichen Treue an ihrer Seite gestanden, von denen sie mit Recht hoffen durfte, daß das Schicksal sie nimmermehr von ihr trennen würde. Wenn sie den Sohn hingegeben und ihren Schmerz beschwichtigt hatte, so war es in der Ueberzeugung geschehen, daß dem Vater vorzugsweise die Bestimmung über denselben zugestanden werden müsse; aber eben darum glaubte sie auch Vorrechte hinsichtlich ihrer Töchter zu besitzen, die ihr Niemand zu entreißen wagen werde. Das Vermögen und die Stellung ihres Gatten waren so ausgezeichnet und das Aeußere der beiden Mädchen entfaltete sich so vortheilhaft, daß sie der Hoffnung Raum geben durfte, es würden sich in ihrer Nähe annehmliche Partien für sie finden und sie des Glückes nicht beraubt sein, die Kinder ihrer Kinder um sich herum aufwachsen zu sehen.

Thöricht aber ist der Mensch, der sich nach seinem Sinne die Zukunft gestalten will, und sich von den Träumen und Erwartungen, denen er sich hingegeben hat, nicht mehr losmachen kann, ohne sein ganzes Dasein zu zertrümmern.

Elisabeth, ihre ältere Tochter, war kaum siebzehn Jahre alt und an der Seite der sorgsamen Mutter in zarter Schönheit entblüht, als auch bei dieser der Vater seine Vorrechte geltend machte und bewies, daß die väterliche Gewalt allein die rechtmäßige sei. Es war vor Kurzem ein junger Franzose in die Familie Detmund aufgenommen worden, dessen Vater einst dem Hausherrn einen sehr wichtigen Dienst geleistet, und mit welchem dieser seitdem eine so enge Freundschaft unterhalten hatte, als es bei dem trockenen und wenig empfänglichen Sinne des einen Theils möglich war. Der junge Vernier, aus einer der beträchtlicheren Städte des südlichen Frankreichs herübergekommen, sollte sich einige Zeit in dem Wohnorte der Detmund'schen Familie aufhalten, um die deutsche Sprache vollkommen zu erlernen, und zu diesem Endzweck hatte Herr von Detmund ihm sein Haus und seinen Tisch angeboten. Man hätte nun freilich glauben sollen, der leichte, quecksilberne Franzose, der in einer Viertelstunde mehr sprach als Detmund in einer Woche, der mit der eigenthümlichen Lebendigkeit seines Volkes alle langgewohnte häusliche Ordnung umkehrte, mit den Mädchen scherzte und lachte, sie aus ihrer stillen Ruhe reißend, mit ihnen durch Zimmer und Hausflur jubelte, würde dem kalten, finstern Gelehrten, dem jede kleine Abwechselung sonst ein Gräuel war, keineswegs behagen; aber wie oft sieht man nicht, wie die verschiedensten Charaktere sich ansprechen und ein gewisses unerklärliches Etwas waltet, das fremdartige Gemüther unwiderstehlich zu einander zieht. Die seltsame Vorliebe des ernsten Hausherrn für seinen lebhaften Hausgenossen sprach sich mit jedem Tage deutlicher aus. War es die Dankbarkeit, die der Erstere wirklich im Herzen trug, waren es die feinen Schmeicheleien des Letztern, die er auf die anmuthigste Weise anzuwenden begann, sobald er die Neigung des alten Herrn wahrnahm und es fühlte, wie vielen Vortheil ihm dieselbe bringen konnte; es mag dieß schwerlich entschieden werden, aber es reihte sich Woche an Woche, Monat an Monat, und immer unbedingter und immer mächtiger ward der Einfluß, den der junge Fremde auf seinen alten Freund und durch diesen auch auf die übrigen Glieder der Familie gewann. Der Frühling war in seiner schönsten Gestalt eingetreten, der herrlichste Sommer folgte ihm, täglich wußte Vernier eine neue Lustpartie, einen Spaziergang oder eine Schiffahrt zu Stande zu bringen, wobei er der gefällige und in seiner Lebendigkeit wirklich anmuthige Begleiter der beiden Mädchen war, die nach Mädchenweise sich freuten, der stillen Einförmigkeit ihres Hauses entnommen und mit ganz neuen Genüssen bekannt zu werden. Wenn aber das trübe Wetter die jungen Leute ins Zimmer bannte, so ruhte jener nicht, bis eine muntere Gesellschaft beisammen war, die in fröhlicher Heiterkeit die langen Stunden weggaukelte.

Ernst und sorglich sah die verständige Mutter dem lauten Treiben zu, das ihr, wie Alles, was wir in befangener Bangigkeit ahnend durchschauen, eine Art Entsetzen einflößte. Mit schwerem Kummer sah sie, wie Vernier ihre Elisabeth mit der feinsten Sitte auszuzeichnen begann, wie er sie in unausgesprochener und doch so vielsagender Liebe gleich einem Schutzgeist umschwebte; mit zerrissenem Herzen fühlte sie, wie ihre Tochter sich immer mehr und mehr dem Fremden zuneigte, wie sie ihn bald mit allen Kräften ihrer sanften tieffühlenden Seele zu umfangen schien, und der Gedanke, daß entweder auch *dieses* Kind für das Leben von ihr geschieden werde, oder in unerfüllter Sehnsucht, wie sie selbst, unglücklich sein würde, fiel zerstörend in das kaum wieder beruhigte Dasein der armen Frau.

Thue man doch niemals dem Alles opfernden Mutterherzen Unrecht! die Furcht vor der entsetzlichen Trennung, so schmerzlich sie der liebenden Mutter sein mußte, war bei diesem drohenden Unheil nicht das peinlichste Gefühl für sie. Weit mehr quälte sie die Unsicherheit des Glückes eines theuern Kindes, dessen Wohlfahrt fern von der lieben Heimat und allen still waltenden Genien, die bis jetzt dasselbe umgeben hatten, in fremden Verhältnissen, einzig nur von einem Manne abhängen sollte, der ihr in mehr als einer Hinsicht Mißtrauen einflößte und dessen Charakter überall noch nicht ausgebildet genug war, um ein dauerhaftes Glück zu versprechen. Die Mutterliebe macht scharfsichtig und schlau; in Kurzem hatte sie sich die Gewißheit Verschafft, daß die Sittenreinheit nicht unter die Tugenden des Geliebten ihrer Tochter gehörte; seine Neigung zum Spiel und zu starken Getränken, die er zwar mit großer Geschicklichkeit zu verbergen wußte, war ihr schon früher nicht entgangen, und überzeugt, daß Elisabeth auf diesem Wege rettungslos einem tiefen Abgrund zueile, machte sie mit mütterlicher Liebe und Milde ihre Rechte auf ihr Herz und ihren Verstand geltend. Angebetet von ihren Kindern, mußte ein einst warnendes Wort auf das junge Gemüth einen großen Eindruck machen, und Elisabeth, an der Wahrheit alles dessen, was die Mutter bekräftigte, nicht zweifelnd, beschloß, einer Liebe zu entsagen, die sie nicht glücklich machen konnte, und jede aufkeimende Blüthe zarter Neigung zu vertilgen. Wenn aber der Einfluß des natürlichen Schutzgeistes auf der Kinder Herz groß und vielumfassend ist, so ist das Gefühl, um dessen willen das Weib Vater und Mutter verläßt, doch noch mächtiger; und wenn auch Elisabeth sich von dem jungen Freunde zurückzog und eine scheinbare Kälte an die Stelle der frühern

Hinneigung getreten war, so bleibt es schwer, beim täglichen Zusammenleben den Eindrücken zu entgehen, die nur zu leicht gefaßte Entschlüsse wieder wankend machen, und des armen Kindes verstörtes Gemüth, sein Bestreben und das Nichtgelingen, gab Vernier schnell Aufschluß über das Vorgefallene, dem ei mit eilenden Maßregeln abzuhelfen bald entschlossen war.

Ehe Frau von Detmund einen so baldigen Schritt ahnen konnte, trat der junge Mann eines Tages in das Zimmer des alten Herrn, und indem er ihm einen Brief seines Vaters überreichte, in welchem Detmund bei der heiligen Freundschaft, die sie umschlinge, beschworen ward, ihm die Bitte um die Hand seiner ältesten Tochter für den Sohn nicht zu versagen, der sie liebe, und auf diese Weise den schon geknüpften Knoten enger zu schürzen wünsche, brachte auch er zugleich seine Worte an, und wußte so gut Ernst mit liebkosendem Scherze, Vorstellungen und Bitten, Versprechungen und Schmeicheleien zu mischen, daß der Vater, bethört und hingerissen, den Jüngling nach einer Stunde, zwar nicht mit der bestimmten Zusage, aber doch mit Hoffnungen entließ, die bei der Eigenheit dieses Charakters nicht leicht wieder zerstört werden konnten. Die vollendete Entscheidung gab der Widerspruch der Mutter, als ihr die Sache eröffnet wurde; gaben ihre Thränen, ihr Jammer, die dem harten Manne theils als Auflehnung gegen seine Macht, theils als eigensüchtige Liebe erschienen, welche das eigene Glück dem Wohlergehen Anderer vorziehe, und was ihn früher nur gefällig angesprochen hatte, wurde von dieser Minute an fester Entschluß.

Elisabeths getheiltes Herz schwankte zwischen der Liebe zu der Mutter, deren Schmerz ihre Brust mit Wehmuth und banger Vorahnung erfüllte, und zwischen der Freude, nun doch dem Gegenstande der ersten und einzigen Empfindung, die sie jemals einem Manne geweiht hatte, sich hingeben zu dürfen. Das unausgesprochene Vergnügen einer weiten Reise, die Begierde nach allen den Schönheiten der Natur und Kunst in dem fernen Lande, in welches der Freund sie führen sollte, die Hoffnungen, die jede jugendliche Seele noch in ungeschwächter Kraft zu hegen vermag, die Verheißungen des geliebten Bräutigams, dessen Schwüre mehr gelten, als die leisen Klagen der weinenden Mutter, brachten bald die bangen Ahnungen zum Schweigen, die, durch der Letztern Warnungen veranlaßt, sich noch zuweilen regten, und bald gab ihr ganzes Wesen sich dem seligen Gefühle hin, das so oft für eine ganz trübe Zukunft schadlos halten muß. Das arme Mädchen bedachte nicht, daß alle die Vorzüge, alle die Freuden, welche ihr die bevorstehende Verbindung zu bieten schien, gleich dem vorübereilenden Dufte verwelklicher Blüthen dahin sterben würden, wenn die *Fremde in der unbekannten* Heimat sie suchen und genießen müßte; sie bedachte nicht, daß es einen Grad von Liebe bedarf, der diesem armen Leben selten oder nie gegeben ist, wenn das Mädchen sich dauerhaft glücklich fühlen soll, da wo außer ihrem Gatten kein Herz ihr offen steht, wo der Mutter Theilnahme, wo der Schwester Liebe, wo der Gespielinnen Freundschaft das errungene Glück nicht mitfühlt, mit bespricht und dadurch den Genuß desselben tausendfältig vermehrt; sie überlegte nicht, daß mit dem Schritte aus der lange geliebten, freundlichen Heimat, aus den gewohnten Umgebungen, von den traulichen Verhältnissen des Familienlebens hinweg, für sie Alles zerrissen, Alles dahin gestorben sei, was ihr ganzes Leben hindurch sie erfreut hatte; daß sie von nun an ganz und ausschließlich dem Manne angehöre, dem sie sich hingegeben hat, und außer diesem keine Erholung, keine Unterstützung, kein Trost für sie zu finden sei; ach, sie glaubte es nicht, daß sie für den Rausch einer vielleicht schnell ersterbenden Liebe das schöne sichere Glück eines, nicht nur von dem Manne seiner Wahl, aber von einer ganzen liebenden Familie umfangenen Weibes dahin gab! Leicht nur und flüchtig empfindet das jugendlich pochende Herz diese gewichtige Wahrheit, Liebe nur, Liebe verlangt das sehnende Gemüth, und wo diese zu finden ist, da schwinden momentan alle andern Vorstellungen, es schweigt jedes andere Gefühl; aber wenn die schöne Heimat verlassen ist, wenn der Fuß den fremden Boden betreten hat, wenn die Täuschungen sich lösen, die den befangenen Sinnen die richtige Ansicht geraubt haben, wenn Augenblicke der Unzufriedenheit, der Mißstimmung eintreten, wenn das verödete Leben sich der aufgeregten Phantasie in schreckendem Lichte darbietet: – ach, dann steigen die Bilder früheren Glückes mahnend empor und das arme Herz verliert sich in unbezwinglichem, nie gestilltem Heimweh!

Indem wir den Hochzeittag Elisabeths, an welchem in die Brust der unglücklichen Mutter kein Strahl der Freude drang, und die fürchterliche Stunde einer wahrscheinlich lebenslänglichen Trennung mit Stillschweigen übergehen und auch die nächsten Jahre nicht berühren, in welchen die Vorgefühle des Mutterherzens über der Tochter Schicksal nur zu sehr in Erfüllung gingen, finden wir Frau von Detmund bei der Verlobung ihrer zweiten Tochter wieder, in deren freundlicher Zukunft sie eine Entschädigung für namenlose Leiden zu finden hoffte. Freilich konnte bei einer Verbindung, wo eine liebenswürdige Persönlichkeit, eine angenehme Lage, die Nähe der eigenen und die Vorzüge der neu gewählten Familie, ein Glück vorher sehen ließen, welches dasjenige der Schwester weit übertreffen mußte, die Mutter sich eher der Freude überlassen, und Mathildens Hoffnungen waren auf festern Grund gebaut, als die der oft beweinten und vermißten Elisabeth. Aber das Leben gibt selten dauernde

Freuden; je reiner und schöner diese sind, je schneller eilen sie vorüber, und auch hier sehen wir die junge Frau nach zwei Jahren der höchsten Erdenwonne aus den umfangenden Armen des trostlosen Gatten und der unglücklichen Mutter, aus der Mitte liebender Verwandten und Freunde, von dem Lächeln des erstgebornen Kindes hinweg gehoben, um von dem irdischen Glücke zu dem himmlischen überzugehen. Nur das unverständliche Lallen des armen, verlassenen Säuglings konnte Frau von Detmund, deren Herz mit dem letzten Athemzuge ihrer Tochter zu brechen schien, auf dieser Erde zurückhalten und aufs Neue den Wunsch, ein leidenvolles Leben fortzusetzen, bei ihr entwickeln. Das Vermächtniß, das Mathilde sterbend in der Mutter Arme gelegt hatte, war es allein, das ihr Kraft gab, den Schlägen zu widerstehen, die nun schnell folgend jede Möglichkeit des Glückes in ihrem Dasein zerstören zu wollen schienen. Wilhelm von Detmund, dessen unausgebildeter Charakter sich plötzlich aller hemmenden Fesseln entbunden gefühlt hatte, und der sich aus dem stillen väterlichen Hause auf einmal unter einer bunten Menge junger, allzu lebenslustiger Kameraden sah, hatte noch nicht Festigkeit genug gewonnen, um die Grundsätze zu bewahren, die der Mutter edler Geist ihm einzuprägen gesucht hatte; er ward zwar nicht schlecht, davor bewahrte ihn der Genius der Mutterliebe und die Erinnerung an die verehrte Frau, in welcher er auch in den unbewachtesten Augenblicken das Bild der schönsten, menschlichsten Tugend sah; aber Beispiel und Gelegenheit machten ihn leichtsinnig, brachten ihn zu Fehlern, die er später selbst verabscheute, und die ausgezeichneten Fähigkeiten seines Geistes, die Leichtigkeit, mit welcher er Alles auffaßte und das Gelernte behielt, machte ihn nachlässig und übermüthig. Auf die Universität gelangt, vollendete die unselige Bekanntschaft mit einem Spieler sein Unglück und zerstörte alle die guten Entschlüsse, welche die Thränen und Vorstellungen der geliebten Mutter in ihm erregt hatten. Er spielte, verschwendete, machte Schulden, und als sich diese zu einer schreckhaften Summe gehäuft hatten, als mit einem Male seines Vaters unerbittliche Strenge und seiner armen Mutter unendlicher Jammer mahnend und drohend vor ihm stand, da brach sein Muth, und unfähig der Zukunft, so wie er selbst sie herbeigeführt hatte, entgegen zu treten, verließ er heimlich den Schauplatz seiner Thorheiten, verschwand, und alle Spuren, die den emsigsten Nachforschungen zu entdecken gelangen, führten nicht weiter, als bis zu einem der holländischen Seehäfen, wo er sich entweder eingeschifft haben oder verunglückt sein mußte. Die Kunde, die von Elisabeths Leben aus Frankreich herübergelangte, war auch nicht dazu gemacht, das Mutterherz, dessen Hoffnungen allmälig alle zu Grabe getragen wurden, zu trösten und zu erheben. Sie war zwar von der Familie ihres Gatten freundlich empfangen worden, hatte aber in ihrem Kreise keine einzige Persönlichkeit gefunden, die sie hätte ansprechen können, und das Fremdartige, dessen Bild so zauberisch vor ihrer Seele stand, hatte seinen Reiz verloren, sobald die Nähe den trügerischen Schimmer abgestreift hatte. Vernier ließ es zwar nicht an Aufmerksamkeiten mancher Art fehlen, besonders so lange seine Eitelkeit durch die Bewunderung befriedigt wurde, die Elisabeths zarte Schönheit und ihr liebenswürdiges Wesen hervorbrachten; aber von der ehelichen Treue hatte er keine strengen Begriffe, so wie er überhaupt in Allem, was die Moralität betrifft, ein echter Schüler Epikurs war; und als die Flitterwochen vorübergegangen, in denen auch sie ungleichartigsten Paare einander zu verstehen scheinen, fühlte die Getäuschte wohl, daß Vernier nicht der Mann sei, der ihre fromme Seele, ihren gebildeten Geist und ihr tief fühlendes Herz zu fassen und werth zu halten vermöge. Die Geburt eines Mädchens schien sie zwar während einigen Jahren mit ihrem Geschicke zu versöhnen und das fremde Land zur Heimat umzugestalten; alle ihre Briefe waren voll von ihrer kleinen Klaire, die sie auch nur einmal in der Großmutter Arme zu legen wünschte: allein es ging dennoch sichtbar eine Sehnsucht aus jedem ihrer Worte hervor, die wie das Heimweh eines Engels nach seiner himmlischen Heimat klang. Was sie auf Erden nicht mehr zu erreichen hoffen konnte, die schöne Heimat ihrer Jugend, das theure Vaterhaus, die geliebten befreundeten Menschen, für deren Verlust ihr kein Ersatz ward, das vereinigte sich in immer helleren Bildern mit den Hoffnungen, die sie auf ein besseres Leben im Herzen trug, und sanft lösten sich die Bande, die den leidenden Körper an die sehnende Seele knüpften.

Beinahe möchte man das Gefühl, mit welchem Frau von Detmund die Nachricht von dem Tode ihres letzten Kindes erhielt, eine wehmüthige Freude nennen. Sie war wahrhaft heimgegangen, aus dem enttäuschten, verödeten Dasein hinweg in ihr besseres Vaterland, und lieber wußte die Mutter sie dort geborgen, als unter Menschen, von denen sie ewig nicht verstanden werden konnte. Das Bild ihrer Ruhe folgte ihr an das lange und schmerzliche Krankenlager des Gatten, dem sie mehrere Monate hindurch die liebevollste und geduldigste Krankenwärterin war; der erst am Ende seiner Laufbahn das Wesen erkannte, das sein gutes Glück ihm zur Gefährtin gegeben hatte, und in seinen letzten Augenblicken mit dem Dank für ihre Güte auch den Schmerz aussprach, das Kleinod an seiner Seite nicht nach seinem vollen Werthe geschätzt zu haben.

Wohl mag es zuweilen räthselhaft erscheinen, wie Frauen, deren zarter Bau dem ersten Sturme zu unterliegen droht, eine Reihe von Unglücksfällen, von schmerzlichen Entbehrungen und Leiden zu ertragen vermögen, ja wie oft die intellektuellen Fähigkeiten des weiblichen Geschlechtes sich nur kräftiger entwickeln, während in ähnlichen Fällen die Kraft des Mannes gebrochen wird. Biegsam aber und weich, wie ihre Form, ist der Sinn der Frauen; zum Dulden und Tragen bestimmt, von der Natur zu sanfter Nachgiebigkeit angewiesen, schmiegen sie sich unter der Last des Unglücks, bis das Ungewitter vorüber ist, während der stolze Geist des Mannes, die geduldige Ergebung verschmähend, der Uebermacht trotzt, mit dem Unheil ringt, und endlich von dem Schicksal überwältigt zu Boden sinkt, ohne sich wieder emporraffen zu können. Seine Schwachheit fühlend, sucht das Weib, mehr als der Mann, eine haltbare Stütze auf dem schroffen Wege, wo oft kein freundliches Licht die Wandelnde leitet, und wo vermöchte sie eine solche Stütze zu finden, als in dem schönen Glauben, der allein mit seinem ganzen umfassenden Troste die düstern Stunden des Jammers zu erhellen vermag, und dem sich das weibliche Herz mit all der Innigkeit hinzugeben versteht, die für alle schönen und heiligen Gefühle dasselbe so empfänglich macht. Je heftiger die Wellen des Unglücks sich an dem schwankenden Lebensschifflein brechen, je unauflöslicher verwebt sich dieser Glaube und diese Hoffnung mit dem innern Wesen der Frau; wie die körperliche Kraft, so stärkt sich auch die geistige durch die Notwendigkeit des Gebrauches, es erhebt sich Gemüth und Herz, es bildet sich Geist und Sinn in der Schule des Unglücks, und unkenntlich, zu ihrem Vortheil verändert, erscheint uns oft am Ende ihres kummervollen Lebens diejenige, die wir in der schönsten Blüthe des Glückes und der Jugend gekannt haben. Und wie rührend stellt das Bild der Dulderin sich uns dar, wenn wir sie nach den Tagen würdig getragener Trübsal wieder erblicken, wie sie die Trümmer ihres Glückes um sich gesammelt hat! wie nach den Stürmen eines wild bewegten Lebens eine tiefe Ruhe in ihre Brust gezogen ist, eine Vorahnung des Friedens, der ihr nun nicht lange mehr entgehen kann! wie sie im Andenken an das Ueberstandene in milder Güte waltet und liebt und das schöne Vorrecht des Alters genießt, durch eigenes Beispiel auch andere Menschen leben und leiden zu lehren.

Wir haben Frau von Detmund an dem Sterbelager ihres Gatten, als verarmte Mutter, mit der Welt nur noch durch ihre kleine Emma verbunden gesehen, mit dem Körper nur noch auf der Erde weilend, mit dem Geist aber den theuern Vorangegangenen in unbekannte Regionen nachschwebend, und wir erblicken sie nach einer Periode von zwölf Jahren in den heitersten, freundlichsten Umgebungen wieder; zur Matrone geworden, aber lebensfroher und muthiger, als in den Tagen der schönen Jugend, mit regem Interesse Alles umfangend, was seit der Zeit der Trübsal ihrem liebenden Herzen aufs Neue gegeben worden war, und wie in einen schweren, aber segenbringenden Traum in die Vergangenheit zurückschallend. Nachdem Herr von Detmund zu seiner letzten Ruhestätte gebracht worden war, und die Wittwe seine Verlassenschaft geordnet hatte, strebte sie vor Allem, eine Umgebung zu verlassen, die ihr nur trübe Erinnerungen geben konnte, und sehnte sich nach einem stillen Plätzchen, wo sie ruhig und fern von lästiger Zerstreuung dem Andenken an alle die holden Gestalten leben dürfte, die ihr in einsamen Augenblicken zuweilen liebend die Arme entgegen zu breiten schienen. So zog sie dem kleinen Städtchen zu, wo wir sie im Anfange dieser Blätter heimisch gefunden haben, kaufte sich eine angenehme Wohnung außer den dunkeln Mauern und beschäftigte sich einzig und unausgesetzt mit der Erziehung ihrer kleinen, blonden, lieblichen Emma. Gerne hätte sie auch den Nachlaß ihrer altern Tochter, die verwaisete Klaire, in ihre liebenden Arme, unter ihren Schutz herbeigerufen; allein der Vater, dem sonst die heißen Gefühle eines treuen Herzens eben nicht eigen waren, fand an dem lebhaften, reizenden Kinde ein solches Behagen, daß er zu einer Trennung nicht zu bereden war, und Alles, was die Großmutter zu thun vermochte, war, der kleinen Klaire eine Erzieherin aus dem deutschen Vaterlande zuzusenden, deren Fähigkeiten nicht zu bezweifeln waren, und die bald in dankbarer Liebe die herzliche Anhänglichkeit der Enkelin der fernen Matrone zuzuwenden und sie dieselbe im Bilde lieben zu lehren wußte. Schon hatte Frau von Detmund in dem anspruchlosen Kreise ihrer nützlichen Thätigkeit einen Theil der Seelenruhe wieder gefunden, die ihr in dem Jammer eines zerrissenen Herzens untergegangen war; schon vermochte sie wieder Plane für eine freundliche Zukunft der beiden geliebten Kinder zu entwerfen, als eine sehr große, ganz unvermuthete Freude ihr zu Theil ward. Sie saß eines Tages mit Emma auf dem Schooße in ihrem Garten, als ungemeldet ein noch jugendlicher, aber von der Sonne braun gebrannter Mann herein trat, einige Augenblicke wie zweifelnd stehen blieb und ihr dann, als sie befremdet sich erhob, mit dem Schluchzen einer heftigen Rührung zu Füßen stürzte, – »Mutter, Mutter, können Sie verzeihen?« stammelte endlich der verlorne Sohn, und wer die schöne Parabel unsers Heilandes kennt, wird wohl nicht glauben, daß hier das *Mutterherz* den Heimgekehrten verstoßen habe. Solch ein Augenblick des Wiederfindens löscht die Spur jahrelanger Thränen und Kümmernisse aus, er ließ die vor Wonne schwindelnde Mutter vergessen, daß sie jemals gelitten hatte; und als allmälig in Wilhelm keineswegs ein Taugenichts, wie zu fürchten stand, sondern ein durch Unglück gereifter junger Mann ans Licht trat, als sie sich überzeugen durfte, daß in seinem Herzen die Flamme der Tugend brenne, daß seine Liebe ihr in vollem Maße vergangenen Jammer vergelten wolle, da faltete sie gläubig und dankend die Hände und sagte leise: »Herr, deine Wege sind unerforschlich, aber sie sind weise und gut!«

Wilhelm war bei seiner schnellen Flucht vor Bestrafung und Schande, mit einigem Gelde versehen, an dem Einschiffungsplatze, wo er sich nach England begeben und einen Jugendfreund aufsuchen wollte, einer Art von Seelenverkäufer in die Hände gerathen, der ihn, entblößt von allen Bedürfnissen und in Gesellschaft des Abschaums der Menschheit nach Ostindien übersetzen ließ und dort zu den beschwerlichsten Arbeiten gebrauchte. Mehrere Jahre verlebte er in einem bejammernswerthen Zustande, in welchem er sich hundert Mal den Tod wünschte, und Muße hatte, seine Thorheiten bitter zu bereuen. Ein Zufall machte einen Offizier der englischen Kompagnie, dem sein Name nicht unbekannt schien, auf ihn aufmerksam; er verwendete sich für ihn, entriß ihn seinem Elende, mit der großmüthigsten Theilnahme sorgte er für alle seine Bedürfnisse, nahm ihn zu sich, und Wilhelm gestand, daß er diesem edlen Landsmanne – denn der Offizier sei ein Schweizer gewesen – viel mehr noch als das Leben, daß er ihm seine weitere Ausbildung, seine vermehrten Kenntnisse, die Entwickelung aller seiner moralischen und körperlichen Fähigkeiten schuldig sei. Er hatte ihm Beschäftigung angewiesen, hatte ihn mit Geld und Ansehen unterstützt und nicht geruht, bis ein kleines Vermögen seine Bemühungen vergolten hatte, welches dem Reuigen möglich machte, in sein Vaterland zurückzukehren und die Schulden zu tilgen, die durch seinen Leichtsinn so unverantwortlich gehäuft worden waren Beim Abschiede drückte der Mann, dessen Wilhelm nie ohne Thränen im Auge erwähnte, seinen jungen Freund tief bewegt an die Brust, gab ihm seinen Segen und bat ihn, der Mutter zu sagen: der Freund ihrer Jugend habe auch in einem fernen Welttheile seine Gefühle für sie nicht vergessen.

Ergriffen von schmerzlich-süßer Ahnung, begehrte Frau von Detmund den Namen des unbekannten Wohlthäters zu wissen, und als des Sohnes Lippe mit heiliger Liebe und anbetender Verehrung »Laßberg« nannte, da schien es, als ob mit einem Male dreißig Jahre voll schwerer Kämpfe und Leiden sich in dem Gedächtnisse der Mutter verwischen, als ob aus dem Meere der Vergangenheit sich das jugendgeliebte Bild glänzend erheben und noch ein Mal die Tage der ersten, durch das ganze Leben treu bewahrten Neigung für sie anbrechen sollten. Dem Freunde ihres Herzens hatte sie die Rettung ihres Kindes und den stillen Frieden ihrer übrigen Lebenszeit zu verdanken; er liebte sie noch, *ihr* Andenken hatte jenseits der Meere dem Sohne den Freund und Beschützer gegeben, wie sollte nicht diese Gewißheit, schöner als alle Träume der rosigen Phantasie, einen Glanz auf ihre Zukunft werfen, dessen milder Schimmer sogar das dunkle Grab erhellte, in welchem sie ihn wiederzufinden hoffte! Sie fragte nicht viel; sie sprach wenig über das Vorgegangene, und Wilhelms feiner Sinn verstand und achtete der Mutter Zurückhaltung; aber wenn an lichten Abenden Beide bei einander saßen, Beider Gedanken sich auf den nämlichen Punkt richteten, dann nannte wohl der Sohn leise den Namen »Laßberg«, und sanft drückte die Mutter die Hand dessen, der ihr darum noch theurer war, weil Er ihn erhalten und ihr wiedergegeben hatte.

Entschlossen, seine Schuld, so weit es in seiner Macht stand, gut zu machen und seiner Mutter zu ersetzen, was sie in frühern Jahren an Lebensgenuß hatte entbehren müssen, wählte Detmund den Wohnort derselben zu seinem Aufenthalt. Die Kenntnisse im Handelsfache, die er sich unter einem fremden Himmelsstriche erworben hatte, und die Neigung, die er von jeher für den Handelsstand fühlte, bestimmten ihn, ein Etablissement zu errichten, das in Kurzem vortrefflich gedieh und ihn in den Stand setzte, seine Hand einem liebenswürdigen, aber mittellosen Mädchen zu reichen, das ganz geeignet war, ihn glücklich zu machen, und den Werth der würdigen Frau zu fassen, die ein günstiges Geschick ihr zur Mutter gegeben hatte. Sechs Enkel und Enkelinnen sah Frau von Detmund dieser schönen Verbindung entsprießen, die alle mit unendlicher Liebe der freundlichen Matrone zugethan waren; ihr Dasein begann sich wieder zu beleben, jeder Tag brachte ihr einen neuen Genuß, der sich in dem Gefühle noch verstärkte, die Freudegeberin des jungen Völkleins, die vertraute und geliebte Freundin der Eltern, ihre freundliche Rathgeberin und mit einem Worte Allen Alles zu sein.

So wie das Unglück oft in unausgesetzten Schlägen über den Menschen hereinbricht, so wird auch, scheint einmal die Sonne wieder, das Glück nicht müde, ihn mit seinen Gaben zu überhäufen.

Vernier starb in Folge eines Sturzes vom Pferde, und Klaire, nach deren Anblick Frau von Detmund sich seit neunzehn Jahren vergeblich gesehnt hatte, betrat in Begleitung ihrer treuen Erzieherin und Freundin zum ersten Male das Mutterland, dessen Berge und Schluchten, dessen grause Abgründe und freundlich helle Triften, wie die Wunder der Fabelwelt, seit ihren Kinderjahren in der jugendlichen Phantasie zu anziehenden Bildern sich gestaltet hatten, in deren Mitte sie jetzt die Verwandten finden sollte, die nur dem Körper, nicht dem Geiste nach, ihr fremd und unbekannt waren. Klaire Vernier, deren lebhafte Einbildungskraft, deren heißes Herz, deren rege Empfänglichkeit für Alles, was eine abstoßende oder anziehende Kraft für sie besaß, genugsam die südliche Natur bezeichnete, hatte unter der Leitung ihrer weisen Führerin alle die Fehler allzu lebhaft fühlender Menschen zu mildern gelernt und die Eigenschaften ihres Kopfes und Herzens lieblich entwickelt. Das schon entworfene Bild ihres Körpers stimmte vollkommen mit der Liebenswürdigkeit ihres Geistes überein, und selbst das Eigene, zuweilen etwas Sonderbare und Fremdartige in ihrer äußern und innern Erscheinung machte sie nur um so anziehender, wie eine aus fremdem Boden verpflanzte und dennoch in ihrer eigenthümlichen Ueppigkeit sich entwickelnde Blume doppeltes Interesse gewährt. Wie vermöchten Worte die Empfindungen der Großmutter zu schildern, als sie das nie gesehene Kind ihres verklärten Lieblings in die Arme schloß; als es ihr schien, die Verstorbene selbst führe ihr das Wesen zu, an dem sie auf der irdischen Bahn mit solcher Innigkeit gehangen, welches allein ihr das Scheiden schwer gemacht hatte; als sie nur ihr hörbare Klänge gleich Geisterlauten durch das Zimmer hallend zu vernehmen glaubte; als mit einem Male die heiße Sehnsucht des Mutterherzens, die nie erstickt, und eine Freude, deren Heftigkeit beinahe an Schmerz grenzte, sich ihrer bemächtigten; als sie mit dem einen Arm die neu Geschenkte umfing, den andern der Entschwundenen in die Ewigkeit entgegen breitete, und keiner der Anwesenden sich der Thränen der tiefsten Rührung enthalten konnte. Solche Momente gehören nicht der erzählenden Feder an, sie müssen mit heiligem Sinne und einem Gefühl empfunden werden, dessen fromme Reinheit ein Funke des göttlichen Geistes ist, und jede irdische Darstellung würde sie entweihen.

Frau von Detmund würde jetzt ganz glücklich gewesen sein, wenn sie die Sorge um das geliebte Kind hätte verscheuchen können, von welchem sie fürchtete, es möchte sich in den ungewohnten Umgebungen, bei fremden Gebräuchen und Sitten, in einem Klima, dessen rauhe Lüfte so leicht die zarte Blume verletzen konnten, nicht heimisch fühlen und der Schmerz einer unbefriedigten Sehnsucht alsdann auch die übrigen anziehenden Verhältnisse unerfreulich erscheinen lassen. Eine oft übertriebene Sorglichkeit, ein ängstliches Vorahnen von Leiden und Kümmernissen, deren Wirklichkeit meistens nicht eintritt, scheint eine Zugabe der edelsten weiblichen Charaktere zu sein, und mehr noch, als nöthig wäre, die Bahn der Frauen mit Dornen zu bestreuen, für welche doch vorzugsweise die Lehre gegeben sein möchte: »Sorget nicht für den morgenden Tag!« Von Allem, was die Großmutter vorgesehen hatte, geschah gar Nichts; Klaire blühte und grünte gleich der zierlichsten Centifolie, ihr strahlendes, ausdruckvolles Auge leuchtete Gesundheit und Frohsinn, und in französischen und deutschen Poesieen, in dem lieblichen Dialekte des Languedoc und in allemannischen Lauten tönte den ganzen Tag die schön ausgebildete Stimme des holden Mädchens. Mit Klairen war erst recht eigentlich die heiterste Fröhlichkeit in den trauten Kreis gekommen, der früher auch wohl recht ernst und stille beisammen sein konnte; Allem wußte sie die lichte Seite abzugewinnen, jede aufsteigende Wolke wegzuschmeicheln, jedes kleine Mißverhältnis; in seiner Entstehung zu lösen; ja, es war, als vermöchte kein verstimmtes Gefühl sich in der Nähe der freundlichen, gaukelnden, anmuthigen Psyche festzuhalten. Man glaube aber ja nicht, daß Klaire nicht auch fremdes und eigenes Leid hätte empfinden können, daß sie unfähig gewesen sei, zu verstehen, was die Seele mächtig erfaßt und die Brust mit wehmüthig-ernsten Regungen zu erfüllen vermag. Wenn auch ihr Charakter sich mehr zu harmloser Heiterkeit neigte, so konnte sie doch tief, ja heftig empfinden; kein fremder Jammer blieb von ihr unbemerkt, kein unausgesprochenes Weh ohne Theilnahme, und wenn oft die niedlichen Füßchen sich unwillkürlich tanzend bewegten und das Lächeln der ungetrübtesten Freude sich in die Grübchen der Wangen zeichnete, so reichte ein Blick auf irgend einen Armen oder Unglücklichen oder eine Thräne in fremdem Auge hin, den schwebenden Gang zu hemmen und Perlen des Mitgefühls auch in ihre Augen zu bringen. War es ein Wunder, daß ein so liebenswürdiges Wesen die Freude ihrer Umgebungen hieß und jeden Bestandtheil derselben an sich zog? Von der Großmutter bis zu der kleinen Klara, die sie vor einem halben Jahre aus der Taufe gehoben hatte, bezeugte ihr jedes einzelne Glied der Familie auf seine Weise die herzlichste Liebe; keine Freude war vollkommen, kein Genuß erschien erwünscht, wenn Klaire nicht dabei war, die sich schnell in alle kleinen Veränderungen der Lebensweise zu fügen gewußt hatte; den Kindern, von denen sie angebetet wurde, war sie Lehrerin, Anführerin bei ihren Vergnügungen, Rathgeberin, wenn irgend etwas ausgeführt werden sollte, und liebende Vorbitterin, wenn ein Kleid zerrissen, eine Tasse zerbrochen oder sonst etwas Menschliches widerfahren war. »Klaire!« jubelte die Kinderschaar, wenn sie am Abend, ihrer Lehrstunden entlassen, in den obstreichen Garten der Großmutter stürmte; »wo ist denn Klaire?« fragten Detmund und seine Frau, wenn sie nicht sogleich bei ihrer Ankunft sichtbar war; »wird Mamsell Klaire nicht erscheinen?« erkundigten sich die Einzelnen des kleinen freundschaftlichen Zirkels, der sich zuweilen um die Matrone sammelte, und die Blicke der gesegneten Frau leuchteten in heiterer Zufriedenheit, wenn die geliebte Enkelin in gewohnter Anmuth jeden der Anwesenden befriedigte.

Niemand aber umfing Klairen mit einer so schwärmerischen Liebe als die stille, freundliche Emma, deren weiches Herz in der liebenswürdigen und kräftig ins Leben gewurzelten Freundin eine willkommene Stütze fand: die zarte Epheuranke, sich um den blühenden Rosenbaum schlingend, so bezeichnete einst Detmunds kunstreiche Hand die beiden Mädchen. Ohne die kleinste Regung von Mißgunst zu empfinden, erkannte Emma laut und leise die Vorzüge ihrer Base an; sie selbst fand ihr Vergnügen in der Bewunderung, welche ihr gezollt ward, und ihr bescheidener Sinn hätte gerne der Freundin in jedem Verhältnisse die erste Stelle gelassen, wenn nicht diese selbst oft zurückgetreten wäre, damit die liebenswerthen Eigenschaften des mildesten aller weiblichen Wesen auch ans Licht gezogen und erkannt würden. Obschon der Unterschied des Alters nur zwei Jahre betrug, hätte man doch die Verbindung der beiden Mädchen beinahe mit derjenigen einer jugendlichen Mutter und ihres holden Kindes vergleichen können; und wenn Emma mit dem süßen Flötenlaute ihrer zarten Stimme »meine Klaire« sagte und die geliebte Freundin umschlang, wenn Klaire Emma's freundliches Gesicht an ihre Brust drückte, zärtlich einen leisen Kuß auf die blendend weiße Stirn hauchte und liebkosend flüsterte: »*Mon ange, ma douce amie!*« wer hätte dann nicht die holdselige Gruppe mit den Augen des Geistes und des Körpers in sich auffassen mögen? –

Ein einziger Umstand nur war es, der zuweilen ein Gefühl der Unbehaglichkeit in Klairens Brust erweckte und sie einen Augenblick ihre angenehme Stellung in der neuen Heimat vergessen ließ. Es lebte ein junger Mann in dem Städtchen, den seine Vermögenslage und seine Persönlichkeit berechtigen konnten, auf die Hand einer Enkelin der Frau von Detmund Ansprüche zu machen, und seit Klairens Ankunft schien er nur Herz und Sinn für die Vorzüge des jungen Mädchens zu haben, welches ihn jedoch immer weit lieber gehen als kommen sah. Sie konnte nichts Erhebliches gegen ihn einwenden, sie empfand den Vortheil, den eine Heirath, welche ihr die Nähe ihrer verehrten Großmutter sicherte, für sie haben mußte, und verbarg sich auch die Freude und den Lebensgenuß nicht, den diese Verbindung über die letzten Tage der edlen Matrone bringen würde; allein eben alle die Betrachtungen, die für den ungeliebten Bewerber sprachen, machten ihr diesen doppelt unangenehm, und sie bemühte sich vergebens, seiner angenehmen Gestalt und seinem gebildeten Geiste Geschmack abzugewinnen. Klaire hatte ein Andenken mit sich aus Frankreich herüber gebracht, dessen Wärme von den Nordwinden und den Schneegebirgen ihres Mutterlandes noch nicht hatte zerstört werden können; und wenn sie sich auch die Thorheit einer plötzlich entstandenen und ohne Folgen gebliebenen Neigung ernstlich vorhielt, so war doch das Bild, das unverwischt und in dem zauberischen Glanze eines ersten Gefühls in ihrem Herzen lebte, dem armen Werner sehr ungünstig. Hätte Klaire gewußt, was die Einzige, die es ihr entdecken konnte, sorgfältig vor ihr verborgen hielt, hätte sie ahnen können, daß Werner vor ihr Ankunft Emma ausgezeichnet und sich dadurch ihrer jugendlichen Neigung bemächtigt hatte, und daß nur der Eindruck, den ihr größerer Liebreiz auf ihn machte, einer Verbindung ihrer Freundin mit dem Erwählten entgegen getreten war; hätte sie sich vorstellen können, daß Emmas kindlicher Sinn sich nicht zu denken vermochte, wie man für den Gegenstand ihrer eigenen Neigung nicht Liebe fühlen müsse, sobald er sich um diese bewerbe, und daß sie großmüthig zu entsagen strebte, sie hätte manche trübe Stunde weniger verlebt und den Kampf vermieden, der sich zwischen ihrer Pflicht und ihrem Herzen entspann. Wenn es unwahrscheinlich vorkommen möchte, daß zwei enge verbundene Mädchen sich über so wichtige Angelegenheiten nicht verständigt haben sollten, so mag zur Erläuterung dienen, daß ungeachtet der anscheinenden Leichtigkeit und Hingebung in Klairens Gemüth sie dennoch ziemlich viel Zurückhaltung besaß, und nicht unter diejenigen gehörte, die, von einer traulichen Minute hingerissen, Mittheilungen machen, welche sie nachher mit der Hälfte ihres Lebens zurückerkaufen würden; daß überhaupt dasjenige, was ihr Herz für Werners gute Eigenschaften unempfänglich machte, unter die verborgensten Dinge ihres innern Wesens gezählt werden durfte, und daß Emma mit großer Anstrengung ein äußerst verdienstliches und großmüthiges Werk zu vollbringen glaubte, indem sie der vermeintlichen Nebenbuhlerin das Geheimniß ihrer Brust verschwieg. So hatte sich in der Detmundschen Familie die Lage der Dinge gestaltet, als die Jahresepoche eintrat, bei welcher wir ihre Bekanntschaft zu machen Gelegenheit hatten. Es war das erste Weihnachtsfest, das Klaire in der neuen Heimat feierte; in ihren frühern Verhältnissen war wenig daran gedacht worden, dasselbe durch liebevolle Aufmerksamkeiten oder freundliche Ueberraschungen zu verherrlichen, und wenn die Bonne von den Sitten des Schweizerlandes bei diesem Anlasse erzählte und aller der heitern Stunden gedachte, die in dem eigenen Familienverein ihr in diesen Tagen geworden waren, so fühlte das mutterlose Mädchen zuweilen eine recht schmerzliche Sehnsucht nach den schimmernden Lichtchen, den vergoldeten Nüssen, den glänzenden Spielsachen, die den glücklichen Kindern in der Erinnerung an den himmlischen Bruder beschert werden. Jetzt hatten die Vorbereitungen der Großmutter, die jedem Einzelnen schenken wollte, was seine einfachen Wünsche in sich befaßten, die Freude der Kinder, die sich seit Wochen von Nichts unterhielten, als von dem Weihnachtsabend und seinen herrlichen Wundern, und selbst die freudige Erwartung der ältern Familienglieder, Klairens kindlicher Sinn, der für solche unschuldige und wahrhaft Glück bringende Freuden geschaffen war, ganz in Anspruch genommen; auch sie wollte bescheeren, auch sie wünschte Theil zu haben an dem Jubel des fröhlichen Abends, und deßhalb stand sie nicht nur der verehrten Matrone, gleich Emma, thätig zur Seite, sondern sie hatte auch mit sinnigem Geist im Stillen mancherlei bereitet, das nun binnen wenigen Stunden ans Licht gefördert werden sollte. Es war seit dem glücklichen Wiedersehen von Mutter und Sohn und dem Entstehen einer neuen Geschlechtsfolge Sitte, daß alle Vorabende vor der Weihnacht nach dem Abendgottesdienst sich Klein und Groß in dem freundlich erleuchteten Kaminzimmer der Frau von Detmund versammelte, dort ein einfaches Abendbrod genoß und dann, wenn die Ungeduld die kleinen Wesen rastlos auf den Stühlen umhertrieb, nach gegebenem Zeichen, die Thüre des großen Saales sich öffnete, in welchem einzelne Tischchen das Eigenthum eines Jeden wohlgeordnet trugen und frische Tannnenbäumchen mit hellflimmernden Lichtern die willkommenen Gaben zauberisch beleuchteten. Heute sollte zu Klairens Ehre das Fest vollends verschönert werden; sie selbst sollte, zwar dicht verschleiert, aber in glänzendem Anzuge, den Genius desselben vorstellen, durch ihre Erscheinung die Fragen der Kinder nach dem »Weihnachtkindlein«, das andern Glücklichen auch schon sichtlich erschienen war, befriedigen; und zum Ueberflusse war dießmal ein einziger, aber fast bis an die Zimmerdecke reichender Weihnachtsbaum angeordnet worden, dessen Umfang eine unermeßliche Menge bunter Herrlichkeiten faßte, und der in die Mitte des Saales gestellt, hinreichend war, die ganze Umgebung mit seinem Strahlenglanze zu erhellen.

So eben war der letzte Faden geknüpft worden, als vom nahen Kirchthurme die erste Mahnung zu dem feierlichsten aller Gottesdienste erscholl und Klairens Herz in eine tiefe, beinahe unerklärliche Bewegung gerieth. »Großmutter!« rief sie mit dem ihr eigenthümlichen, aber gar nicht unangenehmen Accente, »wir sind fertig alle Drei, es ist nun nicht mehr viel zu thun, erlaube mir mit Emma in die Kirche zu gehen, und bevor ich mich der irdischen Freude hingebe, der himmlischen mein Herz zu öffnen; laß mich beten gehen zu meinem lieben entschlafenen Mütterchen und danken für das Glück, das der Heiland mir armen verlassenen Kinde geschenkt hat!«

Wohl mehr als einen an sich schon lobenswerthen Kirchengang hätte das schmeichelnde Kind von der Großmutter erbitten können; doch protestirte sie gegen das Weggehen der beiden Mädchen, von denen das eine mindestens ihr zum Empfang ihrer Gäste unentbehrlich sei, und da Emma dem Abendgottesdienste schon vielmal beigewohnt habe, so könne Marie, das Kammermädchen, die holde Bittstellerin begleiten.

Die Dämmerung war schon merklich vorgeschritten, als die vereinten Glockenklänge in steigender und sinkender Kraft, je nach der Bewegung des Windes, die Andächtigen zu den geweihten Hallen riefen, deren Ansicht in dem ersten Augenblicke Klairens Herz nicht befriedigten. In hellem Glanze, meinte sie, sollte an diesem festlichen Abende das Innere der Kirche den Menschen entgegen leuchten, so wie die verhängnißvolle Nacht vor achtzehn Jahrhunderten die leisen Ahnungen der Sterblichen zu schöner Gewißheit verklärt hatte. Dunkel aber und schauerlich war es in dem weiten Gebäude, einzelne Lichtchen flammten hier und da mit mattem Scheine und vergrößerten mit ihrem ungewissen Schimmer die Schatten der hohen Säulen, die in riesigen Umrissen sich nach der Kuppel ausdehnten. Mit leisen Geistertritten schwebten die Gestalten der Eintretenden vorüber, kein Laut außer den sterbenden Tönen der Glocken war hörbar, alles Aeußere schien sich in dieser nächtlichen Umgebung verlieren zu sollen, damit das Innere das Uebergewicht erlangen und die Falten des Herzens sich in dem eigenen forschenden Auge enthüllen möchten.

Was zuerst der Phantasie des Mädchens störend entgegen getreten war und ihre Erwartung getäuscht hatte, was Schauer auf Schauer an dem zarten, in halber Aengstlichkeit gehobenen Busen vorüberrieseln ließ und mit einem frühern Weihnachtsfest einen schneidenden Kontrast bildete, das begann nun aber allmälig, als die hellen, langsam sich fortbewegenden Orgeltöne wie Stimmen vollendeter Geister in der Dunkelheit verhallten, und dann des Predigers Rede mit den schönen Worten anhob: »Ehre sei Gott in den Höhen und Friede auf Erden!« in eine wohlthuende Ruhe überzugehen, und das junge Herz, dessen Leben sich kaum entfaltet hatte, das in dem Wehen der ersten Frühlingskühle die Ungewitter des Sommers, die stürmenden Orkane der Herbstzeit noch gar nicht ahnete, erschloß sich den Träumen, deren rosiger Schein nur eine Epoche in dem menschlichen Dasein umfaßt, dessen Schimmer aber oft noch wohlthätig in das mitternächtliche Dunkel der spätern Winterreise herüberblickt. Still und in sich gekehrt saß Klaire, den Kopf auf eine der Hände gestützt; die ohnehin nur halb gesehenen Gegenstände verwischten sich nach und nach vor ihren Augen, kein Geräusch traf mehr an ihr Ohr und selbst der Vortrag des Lehrers flog ungehört an dem Sinne des nachdenkenden Mädchens vorüber. Wer kennt nicht diesen Zustand zwischen Wachen und Träumen, wo die Einbildungskraft ihre regen Schwingen hebt und so oft dem leidenden Menschen in Ahnungen nie gekannter, nie zu erreichender Seligkeit das einzige Glück verleiht, das seinem Leben beschieden ist! In wehmüthigen Lauten sprechen dann leise, wohlbekannte Stimmen an das bewegte Herz; es tauchen längst entschwundene Bilder aus dem Meere der Vergangenheit mahnend empor und der dichte Schleier der Zukunft scheint sich sogar dem forschenden Blicke minutenlang zu lüften.

An ähnlichem Tage, in ähnlicher Stunde hatte Klairens Seele vor zwei Jahren einen Eindruck empfangen, den weder Zeit noch gänzliche Trennung vollkommen zu verlöschen im Stande gewesen waren, und der, gleich dem harmonischen Laute der Aeolsharfe, bei der leisesten Berührung von Außen in einzelnen, ergreifenden Klängen durch ihr ganzes Wesen hallte. Was auch das spätere Leben mit sich bringe, wie heftig und leidenschaftlich, ja wie treu und ausdauernd das Herz lieben möge, dessen erste Gefühle mit ihrer Täuschung in dem Sturme der Vergangenheit versunken sind; sollten auch die Regungen, die nach vorhergegangenen bittern Erfahrungen entstehen mochten, wirklich des Daseins höchstes Glück begründen: der Zauber kehrt dennoch nicht wieder, der nur das Vorrecht der jugendlichen, reinen, von keinen Mißklängen zerrissenen Brust sein kann; und oft, wenn dem gereiften Menschen ein freundlich schönes Glück zu Theil geworden ist, wenn Geist und Sinn sich in der Mitte passender Verhältnisse befriedigt fühlen, zieht leise und zart eine Erinnerung durch die Seele, die, gleich einem Lichtstrahl aus besserer Welt, in das alltägliche Thun und Treiben hineinblickt und eine Zeit der Begeisterung zurückruft, welche auf dieser Erde nicht zum zweiten Male erblühen darf. Zwei Jahre waren es, seit Klaire die Festtage bei heiliger Weihnacht zum ersten Male in einer größern Stadt feierte, wohin sie von Freunden ihres Vaters gebeten worden war. Ihre Lehrerin und Freundin, von einem leichten Fieber befallen, durfte sie nicht begleiten, und sie sah sich also, was ebenfalls noch nie geschehen war, mitten in einer Gesellschaft junger Leute, theils Söhne und Töchter des bekannten Hauses, theils Freunde desselben, die ihr alle fremd, dennoch mit der Leichtigkeit französischer Sitte den liebenswerthen Gast aufs Beste zu unterhalten verstanden und Nichts unterließen, von dem sie vermuthen konnten, es würde einem jungen und heitern Mädchen angenehm sein. Klairens Vater war Protestant, und obschon er eben nicht sehr gewissenhaft an seinem Glauben zu hangen schien, so war es ihm doch nicht gleichgültig, zu welcher Kirche seine Tochter sich bekennen würde, und er scheute den Geist der Proselytenmacherei so sehr, daß er sie sorgfältig vor jedem Einflüsse dieser Art und hauptsächlich vor dem Besuchen der katholischen Kirchen hütete, deren Auszierung sowohl, als die oft hinreißend schöne Musik, die so leicht religiöse Gefühle erregt und entwickelt, einem unbefangenen und nur an den einfachen Ernst des protestantischen Gottesdienstes gewöhnten Gemüthe dermaßen anziehend erscheinen können, daß es darüber das einzig Wahre und Göttliche aus den Augen verliert. Flüchtig und selten hatte also Klaire die innere Ausschmückung der Tempel gesehen; einem großen Feste hatte sie niemals beigewohnt, und die kleine, unbedeutende, in ihrer Nacktheit wenig ansprechende protestantische

Kapelle war der einzige Ort, an welchem sich ihre fromme Seele den heiligen Eindrücken überließ, die der öffentliche Gottesdienst auf reine Gemüther machen muß. Mehr als jedes andere Vergnügen galt nun dem Mädchen der Genuß, in diesen schönen Tagen einer frohen Erinnerung, die auch ihrer entschlafenen Mutter so wichtig und lieb gewesen waren, in der Mitte angenehmer Gespielen an den geweihten Stätten umherzuwandeln, wo das nie Gesehene und für diejenigen, deren Auge und Ohr sich noch nicht daran gewöhnt hatte, so tief Ergreifende des katholischen Ritus, sich aller ihrer Sinne bemächtigte und sie gleichsam dieser Welt entrückte, um sie auf Minuten einem überirdischen Dasein zuzugesellen. Schon um des Anstandes willen hätte sie sich von den Gebräuchen nicht ausschließen können, welche ihre Gefährten beobachteten; aber sie befolgte ihr Beispiel nicht nur aus Notwendigkeit, sondern nach dem Drange eines Herzens, das sich in nie gekannten Bebungen zu dem Throne der Gottheit emporschwang, wenn der Silberlaut von hundert Stimmen in den weiten Hallen erklang, oder wenn sie sich mit der Menge der Andächtigen in feierlicher Stille auf die Kniee warf, den Herrn der Heerscharen anzubeten. Nachdem die größern wie die kleinern Kirchen durchwandelt, auch jedes kleine Kapellchen, in welchem auf dem kümmerlich geschmückten Altar die Lampe brannte, besucht worden war, wobei über ihre Andachtslust mancher neckende Spott von der jungen Gesellschaft sich ergossen hatte, freute sich Klaire mit einer Innigkeit, die ihr selbst zuweilen etwas schreckhaft vorkam, auf die Geburtsnacht des Heilandes, wo sie dem feierlichen Mitternachts-Gottesdienste beiwohnen sollte, von welchem selbst die Leicht-sinnigern unter ihrer Umgebung mit begeistertem Gefühle sprachen. Der Vorabend des Festes ging ihr in ahnender Erwartung vorüber; ein leiser Vorwurf drang zuweilen in ihre Seele, wenn sie bedachte, welche große Vorurtheile ihr Vater gegen Alles hegte, was den fremdartigen Gebräuchen angehörte, und daß er es schwerlich billigen würde, wenn er wüßte, mit welcher Sehnsucht sie dem Augenblick entgegensah, der ihr sonst immer entweder in den stillen Umgebungen ihres gewöhnlichen Lebens oder in friedlichem Schlummer entschwunden war; aber die Gewalt, welche bedeutungsvolle Mysterien und auf die Sinne der Menschen berechnete Einwirkungen äußerer Gegenstände beinahe zauberisch ausüben, ist nicht so leicht zu bezwingen, und mitten in dem fröhlichen Treiben, das sie umgab, vermochte sie weder ihr Gemüth den ernsten Betrachtungen zu entziehen, denen sie sich hingegeben hatte, noch an den Scherzen Theil zu nehmen, die den jugendlichen Lippen der Uebrigen entschwebten und keine Spur jener gehalteneren Stimmung an sich trugen, die jede wichtige Epoche von dem denkenden Menschen fordert. Einsam und in sich gekehrt saß

Klaire in einer Fenstervertiefung, die Gegenwart schwand vor ihren Blicken, ihre Seele versenkte sich in eine Masse von Gedanken und Empfindungen, die sie nicht ganz zu entwickeln verstand, in ihrem Herzen lebten Hoffnungen und Ahnungen auf, deren göttlicher Ursprung nicht zu verkennen war, wenn auch Irdisches sich noch darunter mischte; die einzelnen Glockenschläge, welche die nahe heilige Stunde verkündigten, machten in ihrer Brust ein Heimweh, eine Sehnsucht rege, die sie nicht zu deuten wußte; das Bild ihrer verklärten Mutter belebte sich mit frischen Farben, das Andenken der nie gekannten, und doch so herzlich geliebten Verwandten in der Ferne erwachte mit einer schmerzlichen Heftigkeit, sie gedachte der vielen Entbehrungen ihrer verwaisten Kinderjahre; und als von allen Kirchtürmen die Glocken schallten, als sie in dem Gedränge einer großen Volksmasse der Kathedrale zueilte, da war ihre Gemüthsstimmung so verschieden von der Laune ihrer Begleiter, als ein stiller, dämmernder, wehmüthig-freundlicher Abend von der Feier eines lauten, gesangreichen, hellen Frühlingsmorgens.

Düsteres Dunkel herrschte in dem ungeheuren Dome, in welchem eine zahllose Menge von Menschen sich drängte; nur vom Hochaltare her blinkten einzelne trübe Lichter, unvermögend, den großen Raum auch theilweise zu erhellen, und wie gedrückt von der schauerlichen Finsterniß, bewegte sich stillschweigend die Masse von Andächtigen aller Klassen durcheinander oder kniete an den Altären und zwischen den Stühlen; kein vernehmlicher Laut ward gehört, nur das Flüstern der Betenden drang bisweilen mit unverständlichem Geräusch an das lauschende Ohr, und das Ganze machte der befangenen Seele den Zustand geistiger Dunkelheit und beklagenswerther Hoffnungs-losigkeit deutlich, welche das gesunkene Menschengeschlecht umgeben, ehe das Licht aus der Höhe das Irdische und das Himmlische mit sanft tröstendem Glanze erleuchtete. Nun hob auf der Emporkirche eine Sopranstimme von seltener Schönheit und Ausbildung mit Begleitung von blasenden Instrumenten einen Gesang an, dessen getragene Töne in den weichsten Mollauflösungen leise durch die Kirche schwebten und die sehnsüchtigen Regungen eines ver-langenden, Heimwehkranken Herzens aussprachen. Ihr antwortete in einzelnen Zwischenräumen klagend ein Chor, als riefen leidende Geister flehend um Rettung aus endloser Qual, und jedes Gemüth, das nicht ganz von dem Göttlichen abgezogen war, mußte sich mit Wehmuth und jenem tiefen Schmerz erfüllen, die von niedern Naturen nicht empfunden werden kann, weil er sich nur aus dem Innersten derjenigen Seelen entwickelt, deren Bildung sie fähig macht, die zartesten Eindrücke der Freude und die feinsten, an Genuß grenzenden Gefühle des Leidens in sich aufzunehmen.

Klaire war ganz Ohr und ganz Empfindung; unfähig sich mit Außendingen zu beschäftigen, dem Zauber hingegeben, den solche ernste Umgebungen, vereint mit der Macht der Musik, auf die empfänglichen Sinne auszuüben vermögen, ließ sie sich von dem Gedränge fortschieben, ohne zu beachten, daß sie längst von ihrer Gesellschaft getrennt war, und die Hand des jungen Frauenzimmers, das sie unter ihren neuen Bekannten am meisten liebte und sich vorzugsweise ihr anschloß, sich aus der ihrigen verloren hatte.

»O Adelaide, wie herrlich, wie erhaben ist Alles, was mich umgibt! Wie fühlt sich mein ganzes Wesen von nie gekannten, heiligen Empfindungen bewegt! Wie wünschte ich mich in einer abgelegenen Ecke ruhig den mächtigen Eindrücken hingeben zu können!« so flüsterte die Bewegte, an die Seite ihrer Nachbarin sich lehnend, indem sie die vermißte Hand wieder zu suchen strebte.

»Um Verzeihung. Mademoiselle! Sie irren sich«, schnarrte ihr eine unbekannte Stimme entgegen, und mit Entsetzen erblickte Klaire jetzt ein hochgeschminktes Gesicht, dessen höhnische Züge sie in ihrem Leben nicht gesehen hatte. Mit noch größerem Schreck sah sie sich von ganz fremden Menschen umgeben, nirgends eine Spur mehr von den Gastfreunden, mit welchen sie gekommen war, und selbst unfähig bei dem unsichern Schimmer einzelner Lichtstrahlen jene weder mit Blicken aufzufinden, noch durch die wogende Menge dringend, sie zu suchen.

Athemlos war sie zu einer der Säulen gelangt, die den Hochaltar umgeben, und theils um sich eine Stütze gegen das andringende Volk zu geben, theils weil ihr wirklich vor Angst und Besorgniß die Sinne zu schwinden begannen, lehnte sie sich fest an dieselbe und umschlang sie halb bewußtlos mit dem einen Arm. Ihre mißliche Lage raubte ihr einen Augenblick alle Besonnenheit; in einer ganz fremden Stadt, wo sie kaum einige Menschen und die Häuser und Straßen gar nicht kannte, um Mitternacht sich allein, ohne den mindesten Schutz, in dem Gewühle von Tausenden zu finden, waren auch in der That Betrachtungen, die nicht dazu gemacht sein konnten, ein aufgeregtes Gemüth zu beruhigen; und wenn man noch dazu rechnet, daß Klaire eine Menge Erzählungen von den Gefahren vernommen hatte, denen junge Frauenzimmer in großen Städten ausgesetzt seien; wenn man bedenkt, daß dieser Umstand sie abhielt, Jemanden um Hülfe und Zurechtweisung anzusprechen, und sie viel zu befangen war, um dem Gedanken Raum zu geben, ihre Gesellschaft werde, sie vermissend, Himmel und Erde bewegen, um sie wieder zu finden: so mag es nicht befremden, daß das arme Mädchen in trostloser Bangigkeit zu weinen begann und die heißen Tropfen in Menge über die kalten, blassen Wangen liefen.

»Fehlt Ihnen Etwas, Mademoiselle?« fragte eine wohllautende Stimme, und dicht neben Klairen stand ein junger Mann, dessen Aeußeres keineswegs dazu gemacht war, Furcht oder Scheu einzuflößen. In wohlgeordneten Ringeln floß das lichtbraune Haar über die Stirn und an beiden Seiten des angenehm freundlichen Gesichtes herunter; dunkelblaue, vielsagende Augen blickten theilnehmend auf das jammernde Mädchen und bürgten, mehr noch als seine Worte, für den guten Willen, mit welchem er ihm beizustehen bereit war. Die ganze Gestalt hatte etwas jugendlich Anmuthiges und doch zugleich männlich Kräftiges, was ja den Frauen besonders anziehend erscheint, weil es ihrer Schwäche Schutz verheißt und den muthigen Vertheidiger bezeichnet, dem sie sich so gerne anvertrauen. Ein junger und hübscher Mann, dessen erster Anblick schon die günstigsten Vorurtheile in Klairens Herzen erregte, wäre nun wohl nach den Regeln der Vorsicht die letzte Person gewesen, von welcher sie Beistand hätte annehmen sollen; aber es gibt leider nur zu viel Momente, in welchen man zu verständigen Berechnungen nicht aufgelegt ist, und übrigens war der Unbekannte der erste Mensch, der sich um sie bekümmert hatte; die Noth war dringend, die Züge des Schutzherrn konnten nicht trügen, und Klaire stand nicht an, ihm die Ursache ihrer Thränen und ihre Verlassenheit mit wenigen Worten deutlich zu machen. Die erste Frage des Jünglings war nach dem Namen des befreundeten Hauses, die zweite nach der Reihenfolge, in welcher man die Kirchen hatte besuchen wollen, und zuletzt bat er seine neue Gefährtin zu bestimmen, ob er sie sogleich in ihre Wohnung geleiten solle, oder ob sie an seiner Seite die Bekannten erst aufzusuchen geneigt sei? Der Weg nach Hause war sehr weit, die Entfernung bis zu der nächsten Kirche hingegen, wo Klairens Begleiter den Moment der Erleuchtung hatten abwarten wollen, ganz unbeträchtlich, und nachdem dieser Umstand den Ausschlag gegeben hatte, fügte sich ihr Arm in denjenigen, der ihr so höflich dargeboten wurde, und mächtig von ihm geschützt, oft beinahe getragen, erreichte sie bald die Kirchthüre, und mit dem Schritt ins Freie verlor sich zum Theil die Beklommenheit, die ihre Seele beängstigt hatte. Um dieselbe ganz zu zerstreuen und ihr ein unbedingtes Zutrauen zu dem unbekannten Begleiter einzuflößen, begann dieser mehrere Vorfälle zu erzählen, die auf das eben Vorgegangene Bezug hatten, und es entwickelte sich in diesen flüchtigen Darstellungen so Manches, das auf einen liebenswürdigen Charakter schließen ließ, es sprach aus jedem Worte ein so kindlich-treuer Sinn und eine solche Anhänglichkeit an eine Heimat, die der junge Mann vor Kurzem erst verlassen haben mußte, daß Klairens Hand nicht mehr so lose und federleicht auf dem Arme ihres Führers lag, sondern in herzlichem

Vertrauen sich auf ihn zu stützen begann, und auch ihre Erwiderungen auf anfänglich unbedeutende, allmälig aber ernster werdende Aeußerungen, die sich auf die Wichtigkeit des Festes und alles dessen bezogen, was die Religion des Menschen und also auch seinen innern Werth ausmacht, verständlicher und bedeutender wurden. Das gegenseitige Wohlgefallen stieg mit jeder Minute, die Schritte, die erst eilend über die Straße geflogen waren, wurden immer kleiner und gingen nach und nach in ein wahres Schneckentempo über, und als die zweite Kirche mehrmals durchwandert worden und von den Gesuchten keine Spur zu finden war, ließ sich Klairens wieder erwachende Aengstlichkeit leicht durch die tröstende Bemerkung beschwichtigen, daß in der Jesuitenkirche, in welcher die Beleuchtung und die Musik am vorzüglichsten sei, unfehlbar die Freunde sich finden würden, und sei dieß nicht der Fall, so bleibe ja immer noch der Ausweg, geradezu nach Hause zu kehren.

»Wie oft führte ich so meine gute Mutter durch die Straßen unserer Vaterstadt, wenn sie am heiligen Weihnachtsfeste die katholische Kirche besuchte; sie war wohl Protestantin, aber dennoch versäumte sie nie in dieser heiligen Zeit an der mitternächtlichen Freude Theil zu nehmen und in ihr frommes Herz alle die wohlthätigen Eindrücke aufzufassen, die wohl angewandte äußere Mittel auf des Menschen Sinn hervorzubringen vermögen. Ach, mein liebes, gutes Mütterchen, längst ist sie nun der dunkeln Erde entnommen, zu dem Strahlenglanze eingegangen, der uns die Wahrheit und die Göttlichkeit erkennen lassen wird; aber immer bewegt in dieser Stunde ihr Andenken mehr noch als sonst mein Herz und ich kann mich zuweilen recht sehnlich aus dem hellen, freundlichen Leben hinweg in ihre stille Ruhe hinwünschen!« Daß die Thränen, welche jetzt sanft über Klairens Wangen zu fließen begannen und wie ätherische Tropfen in der winterlich kühlen Luft versanken, alle nur dem Andenken einer ebenfalls geliebten Mutter flossen, welches durch die Worte des jungen Fremdlings aufgefrischt worden war, das dürfte man billig bezweifeln, und dem Eindrucke, den der Begleiter und seine liebenswürdige Persönlichkeit auf das unbewachte Herz hervorbrachte, einen Theil der Gemüthsbewegung zuschreiben, die so leicht da entsteht, wo die ersten Regungen eines mächtigen Gefühls sich zu entwickeln beginnen.

»Auch meine Mutter weilt dort oben«, sprach sie mit leiser, gerührter Stimme, indem sie nach dem Himmel blickte, der in dunkelm Blau, mit dem Glanze von Millionen Sternen bedeckt, auf die Wanderer niedersah; »sie hat mich armes, verwaisetes Kind zurückgelassen in der fremden Welt, wo Nichts mir das liebe Mutterherz ersetzen mag, und in solchen Stunden erwacht zuweilen ein Heimweh in meiner Brust, das mir deutlich zeigt, wie die unsichtbaren Bande zwischen der

Heimgegangenen und mir noch bestehen und das mich in unaussprechlicher Sehnsucht von der öden Erde weg in ihre Arme zieht.« – »Wer weiß es, vielleicht sind die beiden theuern Wesen jetzt beisammen«, erwiederte mit schwärmerischem Ausdrucke der Jüngling, »vielleicht haben sie sich in den himmlischen Räumen gefunden, wie wir uns in dem Getümmel des Festes treffen mußten; und sie bitten dann gewiß gemeinsam für das Glück ihrer Kinder«, fügte er hinzu, indem er es zum ersten Mal wagte, Klairens Hand zu fassen und sie gegen seine Brust zu drücken. Diese aber, von der Bewegung aus ihren Träumen gerissen und wie durch einen Blitzstrahl mit dem Zustande ihres Herzens bekannt gemacht, entzog ihm schnell die zarten Finger, und einige Minuten lang beschleunigten sich ihre Schritte, wie durch eine innere Aengstlichkeit getrieben.

Auf den breiten steinernen Stufen, in der Vorhalle, unter den Thüren der Jesuitenkirche fand sich ein solches Gedränge von Menschen, daß Klaire schwerlich hinein gekommen wäre, hätte nicht der kräftige Arm ihres Führers überall Raum gemacht und sie, mit sanftem Druck die Schwanenhand haltend, vor jedem unvorsichtigen Stoße geschützt. Eine himmlische Musik hallte ihnen entgegen; Stimmen, deren Schönheit wirklich an die Engelsharmonieen mahnten, empfingen sie, und da ein weiteres Vordringen in diesem Augenblicke unmöglich gewesen wäre, blieb das junge Paar in dem hintern Theile des Tempels und ließ sich, um nicht Aufsehen zu erregen, gleich der zahlreichen Gemeinde auf die Kniee nieder. Klairens Herz pochte hörbar; sie fühlte sich von der anmuthigen Erscheinung angezogen, die ihr in dem Laufe dieser Nacht wie ein Schutzgeist entgegen getreten war, ihre Seele war von den ersten Gefühlen der Liebe befangen, ohne daß sie sich dieses selbst gestehen mochte; die Töne über ihr, das Zauberhafte, welches das ganze Ereigniß in ihren Augen gewonnen hatte, und die undeutlich empfundene Bangigkeit vor einem nahen, vielleicht ewigen Scheiden, hatte ihr Gemüth in jene gefährliche Spannung versetzt, in der wir Verhältnisse und Menschen nicht mehr klar zu beurtheilen vermögen und uns oft zu Handlungen verleiten lassen, die bei hellem Bewußtsein niemals stattgefunden hätten.

»Welch einen mächtigen Einfluß hat die Musik auf die Seele«, flüsterte leise, dicht an sie gebeugt, der junge Mann, »und wie oft werden diese reinen Klänge, wie oft wird die Erinnerung an die vergangene Stunde und das holde Engelsbild mein Herz magisch ansprechen, das mir in ihr erschienen ist, wenn ich nun bald, fern von allen geliebten Gegenständen meiner frühern Jahre, unter fremdem Himmelsstriche einem unbekannten Geschick entgegen gehe.« Klairens Köpfchen sank tiefer, das eben Vernommene hallte auf seltsam schmerzhafte Weise in dem ängstlich klopfenden Herzchen wieder; die erste zarte Freude der entstehenden Liebe und ihr zerreißendes Weh durchzuckte sie in einer Minute, und unfähig, einen einzigen antwortenden Laut hervorzubringen, entstieg nur ein halb verborgener Seufzer der beklemmten Brust.

»Darf ich hoffen, daß auch Sie zuweilen, nur wenn die Weihnachtslichter und ihre Freude wiederkehren, Dessen gedenken werden, dem das Glück in schnell eilendem Fluge erschien, ohne daß er es zu erfassen versuchen durfte? Werden Sie«, setzte er hinzu, indem er noch einmal die kleine Hand, die ihm nun nicht mehr entzogen wurde, in der seinigen und dann an seine Lippen drückte, »werden Sie, wenn künftig der verklärten und vermißten Mutter Bild Ihnen vorschwebt, auch der meinigen und dann des armen Felix, sich erinnern, dem das Heimweh ferne von dem schönen, geliebten Vaterlande das wunde Herz noch wunder drücken wird?«

Klairens Lippen versagten sich, die Höflichkeitsformel auszusprechen, die der Anstand geboten hätte, die aber zu grell mit dem Gefühle abstach, das sich antwortend in ihrer Seele regte und eine kalte Erwiederung als unpassend und herzlos erklärte. Sie wendete das holdselige Gesichtchen, in welchem noch die Freude mit dem Schmerz kämpfte und den Ausdruck ihrer Züge überaus anziehend machte, halb nach dem Bittenden um, der mit Entzücken die Erfüllung seiner Wünsche darin las, und leise und ganz unwillkürlich drückten sich die weichen Finger gewährend in die haltende Hand. In diesem Augenblicke erscholl der jubelnde, himmelanstrebende Chor: »Ehre sei Gott in den Höhen!« und wie durch einen Zauberschlag erleuchtete sich die Kirche vom Hochaltar bis in die Kuppel mit Tausenden kleiner Lämpchen, deren Glanz mit einem Male die dunkelsten Partien des großen Raumes erhellten. »Sehen Sie, der Himmel selbst begünstigt meine Wünsche; schauen Sie, wie der leuchtende Schimmer und die harmonischen Laute über uns die Gewährung schöner Hoffnungen verkünden! Ich werde Sie einst wiedersehen, und wenn auch nach Jahren erst, die heutige Stunde wird unvergessen in meinem Herzen leben.« Das Licht brachte Besinnung in Klairens Gemüth, sie stand mit Hülfe ihres Begleiters auf; und um sich selbst für die augenblickliche Hingebung zu bestrafen, wollte sie so schnell als möglich dem gefährlichen Beisammensein ein Ende machen, und forschte ängstlich in ihrer Umgebung nach einem bekannten Gesichte, aber da nur fremde Züge sie anstarrten, machte sie den viel zu interessant gewordenen Begleiter mit dem Entschlusse bekannt, schnell nach Hause zu kehren. Er gehorchte ohne Widerrede, allein die Menge des Volkes drang vorwärts, und nur mit großer Anstrengung und Vorsicht gelang die retrograde Bewegung nach der Eingangsthüre. In der Nähe derselben trafen sie auf einige stämmige Bauern, denen ein Gläschen über den

Durst das Gleichgewicht einigermaßen geraubt haben mochte; bei dem Hin- und Herstoßen geriethen dieselben in die Nähe unsers jungen Pärchens, und trotz der Kraftanwendung des jungen Mannes traf ein gewaltsamer Druck der immer steigenden Wogen das sorgsam gehütete Mädchen und warf es an seine Brust. Mit zarter Theilnahme die Erschrockene umfassend, fragte er bekümmert, ob sie sich Schaden gethan habe? und wir wollen nicht in Abrede sein, daß der günstige Moment von ihm benutzt worden sei, um die schlanke Gestalt dichter, als es wohl nöthig gewesen wäre, an sich zu schließen, aber die glücklichen Minuten einer erwachenden Liebe waren zerronnen, und jubelnd begrüßende Stimmen und die leuchtenden Fackeln mehrerer Bedienten rissen die halb Bewußtlose aus ihrer Betäubung.

Klaire war bei der herrschenden Dunkelheit und der großen Anzahl ihrer Begleiter, von denen jeder sie in der Nähe der übrigen vermuthete, erst in der zweiten Kirche vermißt worden. Eine unaussprechliche Angst befiel die ganze Gesellschaft bei der endlichen Entdeckung; man machte sich auf den Weg, die Abhandengekommene in der Kathedrale aufzusuchen und verfehlte sie auf die Weise. Immer höher stieg die Sorge, es wurde ein Theil der Dienerschaft auf die Straßen gesandt, auch die jungen Leute vertheilten sich in verschiedene Rekognoscirungskorps, und eines der beträchtlichsten unter diesen war es, das Klairen freudig umringte und durch seine Gegenwart schnell den rosigen Träumen einer jugendlichen Phantasie die trockene Wirklichkeit entgegensetzte. Die Täuschung war entschwunden, die Welt trat zwischen die beiden Wesen, deren Inneres sich in kurzer Zeit so innig einander angeschlossen hatte. Klaire wollte zwar ihren Retter aus der Noth den Freunden vorstellen, allein den bescheiden Zurückgetretenen hatte schon eine frisch heranströmende Menschenmenge in die Ferne gedrängt, ein Wink mit dem Hute, ein Gruß der Hand blieben die einzig möglichen Zeichen eines freundlichen Abschiedes.

Träumend ging Klaire nach Hause, träumend und das Necken der Gespielinnen nicht achtend, welche behaupteten, das Mädchen müsse Geister gesehen haben, verlebte sie die folgenden Tage, und nur wenn der Pförtner drei Schläge klopfte, welche einen Besuchenden ankündigten, schreckte sie zusammen und ein brennendes Roth erblühte auf den schönen Wangen. Sie hatte ihm ihre Wohnung bezeichnet, den Namen des Hausherrn genannt, sie glaubte, die Höflichkeit allein müßte ihn zu ihr führen, um sich nach ihrem Befinden zu erkundigen; aber er kam nicht. Sie kehrte in die Heimat zurück, ohne ihn wiedergesehen zu haben; das bewegte Leben und seine Verkettungen milderten das Andenken an die schönste Stunde ihrer Vergangenheit; der Tod ihres Vaters und das Eintreten in neue

Verhältnisse hatten jede Hoffnung einstigen Wiederfindens in ihrem Herzen zerstört, aber das Bild des Jünglings hatte sich hell und freundlich erhalten, der Name »Felix« tönte in einsamen Stunden wohllautend an ihr Ohr, und nie konnte sie ihrer zärtlich geliebten Mutter gedenken, ohne die Erinnerung an den jungen Mann aufzufrischen, der ihrer Seele innerste Gefühle verstanden und mit empfunden hatte.

Einer jener Momente stillen Hinbrütens war auch jetzt eingetreten, als Klaire, zum zweiten Male seit jenem Abende das Weihnachtsfest feiernd, sich in der Kirche den Träumen ihrer Phantasie hingab, und mit lebendigen Farben geschmückt liebe, entschwundene Gestalten vor ihrem dämmernden Blicke standen. Wie freundlich und liebend sie aber auch diese Reminiszenzen auffassen mochte, wie anziehend immer das Bild des fernen Jünglings ihr erschien, sie fühlte dennoch in dieser Stunde ernsten Nachdenkens, daß es Thorheit sei, ihr Lebensglück von einer vorübereilenden Erscheinung abhängig zu machen, von der sie nicht Namen, nicht Stand wußte, die vielleicht lange schon der Erde entschwunden war. Sie empfand, daß sie es sich selbst, daß sie es den Ihrigen, und vor Allen der verehrten Großmutter schuldig sei, den Täuschungen ihrer Einbildungskraft nicht länger nachzuhängen und, fest in das Leben wurzelnd, der Bestimmung zu folgen, die dem Weibe gegeben ist. Mit einem tiefen Seufzer stellte sie Werner vor ihr inneres Auge, sich fragend, ob es möglich sei, daß sie bei *diesem* Manne die Pflichten der Frau erfülle, und so dem Wunsche ihrer Familie entspreche? Ach, dicht neben der ungeliebten Gestalt erhob sich jener braune Lockenkopf, und seine dunkel glühenden Augen fragten schmerzlich: »Willst du mich denn von dir weisen, da du doch an heiliger Stätte betend und liebend mit mir gekniet hast?« – Ich will und muß, antworteten Klairens Gedanken beinahe laut, und wie sich oft das Gemüth gegen geheime Anzugskräfte fast trotzig zu wehren strebt, so zwang sich das arme Herz zu dem Entschlusse, von heute an Werners Bewerbungen anzunehmen, und für das, was ihr an dem Glück einer heißen Liebe entging, sich an der Großmutter heiterm Lebensabend zu – – –

»Mein Gott, wer war das?« Es schritten leise zwei Männergestalten durch die Kirche, deren Erscheinen während der Dauer des Gottesdienstes unwillkürlich des Mädchens Blicke auf sie gelenkt hatten. Als sie an ihrem Stuhle vorüberkamen, fiel ein einzelner Lichtstrahl auf die Umrisse des Einen und erregte durch seine Aehnlichkeit mit Felix, einen Sturm in Klairens Herz, den sie beinahe nicht mehr zu stillen vermochte. So seltsam, so beinahe unglaublich es war, daß der lange Ersehnte in dieser Stunde und an diesem Orte sich ihr wieder nähern sollte, so sehr sie sich auch eine Thörin schalt, so blickten doch ihre Augen, alle ihre Sehkräfte anstrengend, nach der Stelle, wo unweit von ihr die beiden neu Eingetretenen sich hingestellt hatten und mit gehaltenem Anstande der Rede des Predigers zu lauschen schienen. Derjenige aber, dessen Anblick ihr das Blut siedend zum Herzen gedrängt hatte, lehnte sich in den dunkeln Schatten einer Säule; sie konnte auch nicht einen einzigen Zug erkennen, und der Andere, den der Schimmer einer Lampe beleuchtete, war ein schöner, silberhaariger Greis in hübscher Uniform, der bei dem ersten Anblick ein Gefühl des Wohlwollens und der Ehrfurcht erregen mußte, der ihr aber vollkommen unbekannt war. Kaum vermochte das *Amen* des Predigers und der beginnende Gesang der Gemeinde Klairen ihrem gespannten Gemüthszustande zu entreißen und sie zu der verständigen Ansicht ihrer Lage und der Unwahrscheinlichkeit einer schnell entstandenen Vermuthung zu bringen. Als aber der ganz vorzüglich schöne Gesang sich in lieblich beschwichtigenden Tönen langsam und feierlich erhob, da legten sich die wilden Sturmeswellen in dem bewegten Herzen, und sanfte, wehmüthige Ergebung trat an die Stelle einer überspannten Stimmung. »Warum sollte denn ich eben«, sagte sie zu sich selbst, »auf ein Glück hoffen, das nur wenige erreichen, warum sollte mir die schöne Blüthe der ersten Liebe ausbrechen, während tausend Andere die Knospe welken sehen? Ich bin ja lange nicht so gut wie Hunderte meines Geschlechts, deren Lebensglück vernichtet wird, die nicht wie ich sich der Liebe freuen können, welche die Familienbande fester und immer fester ziehen. Die Träume der ersten Jugend sind auf immer entschwunden, das ernstere Leben nahet sich – glücklich, wenn nicht schwerere Opfer in seinem Laufe von mir gefordert werden, als ich jetzt eines zu bringen im Begriffe stehe. Das höchste Glück sollte ich nicht erlangen, ich sollte mich nicht in namenloser Empfindung einem geliebten Herzen befreunden und mich ihm hingeben dürfen; nun, mein Gott und Herr, laß mich unter deinem Schutze das Rechte und Gute wählen, laß mich leben zum Glück der Meinigen, und kann ich das nicht, vermag ich nicht die Stufen zu erklimmen, die zu hehrer Tugend führen, so nimm mich zu dir, laß mich eingehen in deinen Frieden, wo ich mein liebholdes Mütterchen wiederfinden werde, und vielleicht *ihn*, der auf dieser Welt mir nicht mehr näher treten sollte.«

Einzelne Tropfen, die mehr einem süßen Heimweh, als einem tiefern Schmerz entquollen, rannen langsam über Klairens Wangen, als sie, von den Lauten der nachklingenden Orgel geleitet, über den Kirchhof schritt. Sie lebte einen jener Momente, die in freudiger Entsagung, in innigem Gottvertrauen, in der geistigen Vereinigung mit Allem, was das Leben uns entrissen und geraubt hat, eine Erhebung der Seele hervorbringen, welche der schwache Körper nicht andauernd zu ertragen vermöchte, die an sich schon eine Reihe bitterer Leiden aufwiegt und deren Erinnerung allein hinreichen sollte, die Schlacken und Mängel des irdischen Daseins von uns abzustreifen.

Da schritten mit leisem Tritt die beiden Männer wieder an ihr vorüber, deren Erscheinung in der Kirche sie schon einmal aus der Fassung gebracht hatte; sie zogen grüßend die Hüte, und das volle Licht des Mondes ließ, indem es seinen stillen Schimmer auf den einen von ihnen warf, zum zweiten Male die vollkommenste Aehnlichkeit mit dem Jüngling erkennen, dessen Bild, der Zeit und dem Raume zum Trotz, noch immer so freundlich in ihrer Brust lebte. Sie mußte sich an dem Arm der begleitenden Dienerin halten, um sichern Schrittes fortgehen zu können; die vielen Bewegungen in dem an Heiterkeit gewöhnten Gemüthe fingen an, sie zu erschöpfen, und nur mit Mühe erreichte sie die wirthliche, hell erleuchtete Wohnung.

Dampfend sauste der Theekessel lange schon in der heimlichen Stube, wo Jung und Alt sich allmälig eingefunden und um die Großmutter versammelt hatte, deren freundliche Züge, heute bis zur Rührung verklärt, den Genuß aussprachen, den eine frohe, liebende und wohlgerathene Familie dem herannahender Alter gibt und allein für Alles zu entschädigen vermag, was der Mensch von schönen Hoffnungen und Erwartungen in die spätern Jahre nicht übertragen kann. Die brennende Lampe auf dem runden Theetisch, das Geräthe in gefälliger, obschon einfacher Form, die zwei Wachskerzen auf dem Gesimse des Kamins, das gastliche Feuer, das in demselben flackerte, und die reinlichen, bequemen Möbel, Alles befand sich in solcher Uebereinstimmung, Alles bezeichnete so ausdrucksvoll die Wohlhabenheit und zugleich das ordnende, verständige Gemüth der Besitzerin, daß man in der angenehmen Umgebung heimisch werden mußte, wenn auch nicht die freundlich-runden Gesichter der Kinderchen und das heitere, zuvorkommende Wesen der Eltern den eintretenden Fremdling willkommen geheißen hätte. Emma besorgte in Klairens Abwesenheit den Thee, und ihre milden Züge leuchteten von theilnehmender Freude, wenn die ungeduldigen Kleinen an den Flügelthüren lauschten, um zu horchen, ob in dem geheimnißvollen Saale sich noch Nichts rege, ob vielleicht nicht durch das Schlüsselloch ein Lichtschimmer zu erspähen sei. »Wo bleibt denn Klaire, kommt denn Klaire noch nicht?« war wohl schon zwanzig Mal gefragt worden, denn auf ihre Ankunft hatte man die lärmenden Wesen vertröstet, denen in dieser verhängnißvollen Stunde das schneeweiße Milchbrödchen und Trauben, mit denen man sie begütigen wollte, schlecht mundeten, und von denen der wilde Rudolf, Klairens Liebling, nicht begreifen konnte, warum das dumme Mädchen eben heute in die Kirche habe gehen müssen? Mit sanften, aber nachdrücklichen Worten verwies die Großmutter dem kleinen Thunichtgut diese unbesonnenen Reden, berief ihn neben den Sopha, auf dem sie saß, und seine Händchen in die ihrigen fassend, erzählte sie ihm so rührend und gerührt von dem Freunde aller Menschen, vorzüglich aber der Kinder, der zum Heil und Trost der dunkeln Welt, vor langer, langer Zeit in dieser Nacht geboren worden sei, und ohne dessen Erscheinung die armen Kleinen auf Erden gar kein Weihnachtslichtchen zu sehen bekommen hätten; sie erwähnte so liebreich der Neigung des himmlischen Lehrers zu der Kinderunschuldswelt, und der herrlichen Worte: »Lasset die Kindlein zu mir kommen und wehret es ihnen nicht, denn solchen ist das Reich Gottes«; sie fragte den Knaben so eindringend, ob es denn nicht Pflicht sei, ehe man sich der Freude des Festes überlasse, an Denjenigen zu denken, zu dessen Erinnerung es gestiftet worden, ohne den die Menschen sich gar nicht freuen könnten, daß der braune Lockenkopf allmälig immer tiefer und tiefer sank, den feurigen Augen ein Paar Thränen entrollten und der Kleine endlich das Gesicht in den Schooß der geliebten Großmamma verhüllend, laut zu schluchzen begann. Es entstand eine tiefe Stille; Detmund ergriff die Hand seiner Mutter und führte sie liebend an seine Lippen, seine Gattin drückte die kleine Klara an das mütterliche Herz und blickte teilnehmend nach der Gruppe hin. Emma war neben dem weinenden Kleinen auf die Knie gesunken und ihr blaues Auge, in welchem eine Thräne schimmerte, schaute mit dem Ausdrucke der innigsten Verehrung zu der Matrone empor, während die übrigen Kinder, die Sache noch nicht recht begreifend, sich halb scheu und furchtsam an einander drängten, als sei eine Geistererscheinung ihnen vorübergeschwebt. Segnend legte Frau von Detmund die Hand auf des Enkels Haupt und hob flehend die Blicke zu Dem empor, ohne den kein Sperling vom Dache fällt, und der die Blicke der frommen Mutterherzen erhört. »Gedenke dieser Stunde, mein Sohn!« – sprach sie gerührt, »die jungen wie die alten Kinder überlassen sich oft einer strafwürdigen Ungeduld, wenn des Lebens Ereignisse mit ihren thörichten Wünschen und Hoffnungen nicht übereinstimmen wollen und so manche schöne Erwartung zu Grabe getragen wird. Wenn auch dich die Stürme einst fassen und die Lichter einer hell geträumten Zukunft sich nicht entzünden wollen, wenn dein Herz zagt und die Seele unmuthig und zweifelnd die Rathschlüsse des Ewigen ergründen und bekritteln will, dann erinnere dich *dieser* Stunde und der längst heimgegangenen alten Frau, die dich so herzlich lieb gehabt hat; strebe nach Ergebung und ruhig duldendem Sinn, blicke auf den Leidenspfad deines himmlischen Freundes, halte dich an den unsterblichen Freuden, die er dir verheißt, und der Schimmer der Weihnachtslichter wird dann dein Leben erleuchten, bis die Klarheit eines bessern Daseins an ihre Stelle tritt.«

Leise öffnete sich die Thüre und Klaire trat über die Schwelle. Sie war ungewöhnlich blaß, ihre Augen trugen die Spuren der vergossenen Thränen und der zarte Körper, wie vor etwas Schreckendem ermattet, hatte die kräftige Haltung verloren, die ihn sonst auszeichnete. Aber die mild erwärmte Luft des Zimmers, die helle Erleuchtung, nachdem der Geist den schlimmen Eindruck der Kälte und schaurigen Dunkelheit empfunden hatte, vor Allem aber die freundliche Ruhe, die ihr in den anmuthigsten Bildern entgegentrat, und das laute Jauchzen der Kinder, die sich ihr entgegendrängten, lösten schnell die Befangenheit, von der sie sich umstrickt fühlte, wie der ängstliche Traum sich beim Erwachen in eine behagliche Wirklichkeit umwandelt. Auch Rudolf hob das holde Gesichtchen auf, indem sich beim Erblicken der theuren Freundin schnell die Trauer in heitern Frohsinn verkehrte, und wer das neunzehnjährige Mädchen und den zehnjährigen sie freudig umfangenden Buben beobachtet hätte, in deren beider Gemüth der Lauf einer Stunde, jedem nach seiner Weise, so verschiedenartige Empfindungen erregt hatte; wer gesehen hätte, wie leicht der Schmerz dem Eindrucke des Glücks gewichen war und wie Klairens Füße sich unwillkürlich in Bewegung setzten, als der Kleine tanzend um sie herumsprang, der hätte sich des Ausrufs nicht enthalten können:»du glückliches, du beneidenswerthes Alter!« Ja, du glückliche, heilige der Kinderjahre und der ersten Jugendblüthe, wohl bist du schön! Und die Erinnerung an dich, die oft für späteres, verlornes oder nie gefundenes Glück schadlos halten muß, glänzt lieblich herüber in die Jahre, wo allmälig die lichten Stellen seltener werden und die Abenddämmerung in die ernste nächtliche Stille übergeht. Wie seid ihr so schön, ihr Stunden, wo der Schall einer Flöte, wo der Glanz eines Spielzeugs, wo eine Blume hinreichte, um das Leid vergessen zu lassen, das erst noch die jugendliche Brust zerriß. Wie seid ihr so freundlich, ihr Tage, in denen die Hoffnung auf alle blühenden Kränze des Lebens mit himmlischer Flamme in dem liebenden Herzen brennt, wo heiteres Vertrauen und das Gefühl ungeschwächter Kraft die Seele belebt und die Zukunft in rosigem Lichte dem hellen Auge entgegenglänzt. Das ernste, oft drückende Leben verdrängt euch, es umhüllen sich eure lieben Bilder mit Trauerschleiern, es versinkt euer wohlthuender Schein in die Tiefe einer seinen Vergangenheit, aber euer Andenken steht dennoch wie ein leuchtender Pharus in dem wild bewegten Meere des Lebens und bewahrt oftmals den einsamen Schiffer vor den verborgenen Klippen der menschlichen Gebrechen. Sei mir gegrüßt, du holde Zeit! dein stilles Licht geleitet die Bessern sanft und sicher nach dem Port der

Ruhe, es verbürgt ihnen die Erfüllung jener Hoffnungen, die nicht gleich den irdischen zerfließen, und verschmilzt zuletzt mit der Glorie der Vollendung, die dem müden, bleichenden Auge entgegenstrahlt. Die gemütliche Tafelrunde hatte das Abendbrod beendigt; ein scheinbarer Auftrag der Großmutter hatte Klairen entfernt, damit sie sich zu ihrer Rolle bereiten konnte, und unruhig, bange und zitternd vor Hoffnung und Freude rutschen die Kinder auf den Stühlen umher und horchten, sich gegenseitig Stillschweigen gebietend, der willkommenen Ankündigung. Die Großmutter schien dieser Abend besonders ergriffen zu haben; war es das Gefühl des Glücks, das sie lächelnd umgab und mit seiner tief empfundenen Seligkeit oft so störend auf die Lebenskräfte wirken kann als der Schmerz; war es die Ahnung der Zukunft aller der geliebten Wesen, die auf dem sorglich bangenden Herzen lastet, oder hatten die Geister längst vergangener Zeiten ihre lichten Schwingen entfaltet und glitten mit lindem, leisen Wehen an ihrer Seele vorüber: das vermochten ihre Umgebungen nicht ganz zu entscheiden, aber ihre freundlichen Züge drückten eine innige Rührung aus, in ihren Augen malte sich der Widerschein einer himmlischen Flamme, und tief bewegt ruhten ihre Blicke bald auf dem einen, bald auf den andern ihrer Lieblinge. »Liebes Mütterchen, warum so stille? Dir ist doch nicht unwohl?« fragte Emma's schmeichelnde Stimme, indem sie sich an die Seite der Matrone lehnte, und schnell flogen Aller besorgte Blicke nach der ehrwürdigen Gestalt, die in ihrer einfachen und doch so reinlich anständigen Kleidung nach ihrer Weise recht liebreizend und anmuthig aussah. »Seid ruhig, Kinder«, erwiederte Frau von Detmund, »seid nur ganz ruhig«, wiederholte sie, indem sie sich über die beiden kleinen Mädchen beugte, die sich in sorglicher Liebe an ihre Knie gedrängt hatten und in beinahe lächerlicher Ernsthaftigkeit forschend die Großmutter betrachteten; »die Freude, die ich in eurer Freude empfinde, und die mild und licht mein Alter erhellt, hat in meiner Seele Erinnerungen hervorgerufen, die lange in den Verkettungen eines bewegten Lebens einge-schlummert und mit doppelter Macht sich wieder geregt haben. So wie ihr mich hier seht, ihr Kinder«, fuhr sie mit Munterkeit fort, »habe auch ich einst Ansprüche an Jugend und Schönheit gemacht, und wenn es euch jetzt auch unglaublich erscheinen sollte, so waren einst diese alternden Züge frei von Runzeln, es glühten die Wangen in der Rosen-farbe jugendlicher Jahre und die Augen strahlten leuchtend einer heitern Zukunft entgegen. Auch das Herz war jung, hatte jugendliche Genüsse und gab sich jugendlichen Wünschen hin. Wie ihr jetzt, freute ich mich des heiligen Christs und der reichen Bescheerungen, die er brachte; wie ihr, durfte ich mich der Vater- und Mutterliebe freuen, die dann der armen Verwaiseten zu früh entzogen wurde. Ach, es schweben die lieben Bilder wie Engelsgestalten an mir vorüber und mahnen an die Stunde, die bald vielleicht die Erinnerung an jedes vergangene Weh, an alle vergeblichen Hoffnungen meines Daseins beschwichtiget. Ich will und ich darf nicht klagen«, setzte sie nach einer Pause der Rührung hinzu, indem sie alle die Lieben, die sich im Vorgefühle der einstigen, unvermeidlichen Trennung an sie schmiegten, so weit ihre Arme zu reichen vermochten, umfaßte; »Gott hat mich reich und glücklich gemacht in euerem Glück und in eurer Liebe, ich darf mich der Hoffnung hingeben, an das Ziel des müden Wanderers im Schooße der Meinen und von ihnen gepflegt zu gelangen; mein sterbliches Auge hat sich allmälig genug geschärft, um in Vielem von dem, was ich getragen und geduldet, Gottes leitende Vaterhand zu erkennen, und mit dem Uebrigen warte ich ruhig, bis der verklärte Geist das Unverständliche zu fassen vermag. Aber, verdenkt es der alten Frau nicht, wenn sie am Abend ihres Lebens mit Wehmuth zurückblickt und das Andenken an schöne Stunden aufzufrischen strebt. Unter diesen ist eine besonders, deren Bild sich in diesem Augenblicke lebendig vor meine Augen stellt, und die mit ihrer sanften Freude heller für mich strahlet, als euch, ihr lieben Kleinen, nun bald der ersehnte Weihnachtsbaum leuchten wird. Ich hatte einen Freund, der zum Theil mit mir erzogen, späterhin in noch engere Beziehungen zu mir getreten war, und dessen treue und zarte Neigung meine lieben Eltern billigten, die mein Glück in keine bessere Hände zu legen wußten. Jedes Jahr hatte von meiner frühesten Kinderzeit an mir an dem heiligen Weihnachtsfeste alle Wünsche des Herzens befriedigt, und jedesmal klopfte meine Brust der Freude dieser Zeit sehnsüchtig entgegen. Sehnlicher und liebender aber hatte ich sie nie herbeigewünscht, als in dem Jahre, in welchem ich die heimlich verlobte Braut meines Freundes geworden war; denn nicht nur freute ich mich, die erwarteten Erinnerungszeichen von ihm zu erhalten, aber auch ich hatte Manches vorbereitet, was ihm Vergnügen machen und ihn überraschen sollte. Als die Stunde der Bescheerungen kam, fühlten mich meine Eltern in das schön erleuchtete Besuchzimmer, und hier stand, wie er als Kind meiner Freude immer die Krone aufgesetzt hatte, wie er aber der Jungfrau lange nicht mehr geboten worden war, ein herrlich aufgeputzter Weihnachtsbaum mit Allem umhängt, was das begehrlichste Herz sich nur zu wünschen vermochte, und mit dem vielbedeutenden Kleinigkeiten ausgeziert, die, um der sorglichen Wahl willen, so oft den Sinn freundlicher ansprechen, als die reichsten Geschenke. Was die grünen Aeste trugen, waren Gaben eines Freundes, dessen liebender Sinn Alles errathen hatte, was mir angenehm sein konnte, und der – so vertraute mir meine Mutter – Niemandem die Sorge des Einkaufens und Vorbereitens hatte überlassen wollen. Jedes Bändchen hat er selbst geknüpft, seit Wochen jede freie Minute zu den kleinen Geschäften des Ausschmückens angewendet, und dieser Umstand durfte von mir um so höher geschätzt werden, als sein männlicher Sinn sich niemals mit Dingen außer seiner Sphäre beschäftigte und der Kleinigkeitsgeist der heutigen Männerwelt ihm ganz fremd war. Ich stand an jenem Abende auf dem Gipfel, ach, ich stand auf dem Wendepunkt meines Glückes, denn der Lichtglanz, der von meinem Bäumchen ausströmte, wandelte sich nach und nach in tiefe Dunkelheit. Meine Eltern starben beide in dem Laufe jenes Winters, und mit ihnen entschwanden mir die Schutzgeister meines Glückes. Ich fiel der Vorsorge von Verwandten heim, deren Andenken ich ungern zurückrufe, denn sie bedachten mehr ihren Vortheil als mein eigenes Wohl; eine dunkle Intrige, deren Fäden ich euch nicht enthüllen mag, führte eine Reihe von Mißverständnissen herbei, die mich von meinem Freunde auf das ganze Leben trennten, und statt seiner wurde mir ein Mann aufgedrungen, dem ich, verzagend an jedem Glück, die kalte Hand und das zerrissene Herz gab. Zwei Drittheile des gewöhnlichen Menschenlebens sind seitdem dahingeflossen. ich habe so viel getragen und so viele Ereignisse, schmerzliche und frohe, sind über mich hereingebrochen, daß es mir bei dem Gedanken an jene Zeit meines Glückes und meiner Jugend scheint, als kommen diese Erinnerungen aus einem frühern Leben herüber; allein niemals habe ich seitdem ein Weihnachtsbäumchen ausgeschmückt, niemals mich eurer Freude, ihr Kindlein, gefreut, ohne mir jenen Abend zu vergegenwärtigen und mich an seinem hellen Schimmer zu ergötzen und zu erwärmen.«

Die Stimme der Großmama war bei den letzten Worten sehr bewegt gewesen, und hatte deutlich gezeigt, wie jetzt noch die Macht der Erinnerung sie ergriff. Detmund verstand seine Mutter besser als irgend einer der traulichen Gesellschaft, seine Hand drückte theilnehmend die ihrige, und der vielsagende Blick seiner Augen verkündete ihr, daß auch er in dieser Minute dessen gedenke, dem er das Heil seines Lebens schuldig war. Die sanfte Emma, die sich auf das Fußkissen der Großmutter niedergelassen und in unverhehlter Rührung ihr die Worte vom Munde gehorcht hatte, bog sich jetzt auf die weiche Hand, deren Form und Farbe dem zerstörenden Alter bis jetzt noch Trotz geboten hatte, und indem eine Thräne auf sie niederfiel, flüsterte sie leise: »Und wo blieb denn Ihr Freund? Lebt er noch? Hörten Sie nichts mehr von ihm?« – – »Ich hoffe, er lebt«, erwiederte Frau von Detmund, indem sie liebend des Sohnes und der Enkelin Hand zusammenfügte, »wenigstens lebte er noch vor wenigen Jahren, und der Freundin Andenken hatte keine Zeit verwischt. In der Ferne und außer allem *sichtbaren* Zusammenhange mit mir hat er mir den größten Theil meines Lebensglückes gerettet! Wiedersehn werde ich ihn in jenen lichten Regionen, wo dem armen Herzen Ruhe und Friede und Freuden die Fülle verheißen find.«

Leise klopfte ein Finger an das Zimmer. Die Kinder glaubten den Ruf zu der Weihnachtsfreude zu hören und stürmten jubelnd der erwünschten Erscheinung entgegen; da öffnete sich langsam die Thüre, ein Mann mit weißem Haar, aber von kräftiger Haltung, trat in Offiziersuniform herein, und hinter ihm schritt eine jugendlich männliche Gestalt über die Schwelle. Der überraschende Anblick der beiden Fremden, welche gegen die Sitte des Hauses unangemeldet sich in den Familienkreis gedrängt hatten, machte im ersten Augenblick einen störenden Eindruck auf alle Anwesenden, besonders auf die Kleinen, die sich schon wieder in ihrer Hoffnung getäuscht sahen. In der zweiten Sekunde aber war Detmund ihnen mit höflicher Fassung entgegen gegangen, und kaum hatte er die Züge des alten Herrn in der Nähe betrachtet, so entfuhr ein Ausruf der höchsten Freude seinen Lippen, beinahe möchte man sagen, dem Innersten seines Herzens: »Oberst Laßberg!« rief er, »mein Freund, mein Wohlthäter!« und dicht und innig hielten sich beide Männer umschlungen, deren Seelen Liebe und Dankbarkeit mit so unauflöslichen Banden verknüpft hatte, daß eine Reihe von Jahren keines davon hatte zerreißen können. Doch ein noch größeres Interesse waltete für den Einen von ihnen, in dem Raum dieses Zimmers; Laßberg wußte, daß die treu Geliebte, deren Andenken ihn durch ein ganzes langes Leben geleitet und ihn jetzt aus seinem Himmelsstriche in das Vaterland zurückgeführt hatte, in seiner Nähe war und daß er einerlei Luft mit ihr athmete. Beim Hereintreten hatte er die Matrone bemerkt, deren Züge sein Auge nicht, deren ganze Persönlichkeit aber sein Herz erkannte, und sich sanft aus Detmunds umschlingenden Armen losmachend, näherte er sich der verehrten Frau, welcher sein Herz noch so jugendlich entgegenpochte, als ob die vierzig über beide hingegangenen Jahre in das Reich der Träume versunken wären. Frau von Detmund hatte sich langsam erhoben, sie stand mit zitternden Knieen, sich gegen die sie ergreifende Schwäche mit der ganzen Kraft ihres Wesens auflehnend, und schaute in tiefer Rührung die Gestalt an, deren jugendliches Bild so treu, so liebend in ihrem Herzen gelebt hatte. Als Laßberg zu ihr trat, reichte sie dem Freunde die Hand, dessen Anblick auf dieser Welt sie so eben aufgegeben hatte, und den nun dennoch ein Vergeltendes, ewig gerecht waltendes Schicksal aufs Neue mit ihr vereinte. »Elise, sehe ich Sie noch einmal auf Erden wieder?« stammelte sein Mund in kaum hörbaren Tönen, und unfähig, einen Laut der Begrüßung oder der empfundenen Wonne hinzuzufügen, beugte er sich über die theure Hand, auf die heiß und aus dem innersten Herzen strömend eine männliche Thräne fiel. Die Fassung der edeln Frau, die in keinem Augenblicke ihres Lebens sie verlassen hatte, wich dieser seligen Minute, die nie gehofft und doch gewünscht, in einsamen Stunden mit dem hellen Glanze ihres Glückes vor ihrem träumenden Sinne gelegen hatte. Stumm drückte die Freundin die Hand, welche die ihrige hielt; in sprachloser Rührung legte sie die andere auf seine Schulter, und das verborgene Weh einer ganzen Lebenszeit, das ungekannt und ungetheilt so oft die zarte Brust zu zerreißen gedroht hatte, machte einem Wonnegefühl Platz, das in seiner Heftigkeit beinahe an den entschwundenen Schmerz grenzte. Fast ein halbes Jahrhundert war über Beider Scheitel dahingerollt; sie hatten sich gebleicht, die schöne Hülle hatte sich in alternde Züge umgewandelt, aber Herz und Gemüth war auf der rauhen Bahn ihrer Vergangenheit mit unaufhaltsamem Schritt der Vollendung zugeeilt, und sie fanden sich wieder wie zwei Seelen sich einst wiederfinden würden, die auf Erden innig verbunden, sich geläutert und von allen Schlacken der Menschlichkeit gereinigt, auf jenen lichten Höhen, zu denen in dunkeln Stunden unser sterbliches Auge glaubend emporschaut, einander nähern und liebend auf ewig sich vereinen. Alles war stille und feierlich um die beiden Liebenden. Detmund stand mit gefalteten Händen neben ihnen und genoß mit vollen Zügen die schöne Minute, und die Uebrigen, die nicht wissen, sondern nur ahnen konnten, fühlten Geisterschauer an ihnen vorüberrauschen, als öffne sich ihren Sinnen eine Pforte der Ewigkeit. Solche Gemälde sollen nicht durch den schwachen Pinsel sterblicher Menschen entweiht werden; die Feder entsinkt der zeichnenden Hand des Dichters, und in seinem Herzen regt sich mächtig und rein der Glaube an Alles, was auf Erden und im Himmel groß und herrlich heißt.

Es ist eine der Eigenschaften, welche das weibliche Geschlecht auszeichnen, daß die Frauen bei jeder Gemüthsbewegung, bei jedem Seelenschmerze und bei jeder tief empfundenen Freude sich bald zu fassen und die eingetretene Spannung schnell in die Haltung zurück-zuführen wissen, die dem Leben geziemt. Zu einer untergeordneten, duldenden Stellung in den menschlichen Verhältnissen bestimmt, wirken Erziehung und Anlage gleich kräftig darauf hin, ihnen die nöthige Gewalt über sich selbst zu geben, und sie in den Stand zu setzen, in entscheidenden Momenten einen Theil dessen mit Anstand zu verhüllen, was ihre Brust bewegt. Die Gewohnheit macht es ihnen zuletzt leicht, über den allzu heftigen Ausbruch ihrer Gefühle zu siegen und alle die stürmenden Regungen, die bei den Männern sich in Wort und That aussprechen, in die zarte Brust zu verschließen. Diese Zurückhaltung, dieses Ueberwinden jeder lebhaften Leidenschaft-lichkeit, bezeichnet das edlere Frauengemüth, das darum, weil es ihm versagt ist, die mächtigen Gefühle seines Herzens ohne Rückhalt zu äußern, nicht weniger tief empfindet, und die einmal in sich aufgenommenen Eindrücke wohl viel dauernder zu bewahren versteht, als der kräftig und unverholen sich aussprechende Mann. Was dabei in die Tiefe der Brust zurückgedrängt und unterdrückt werden muß, äußert sich dann in muthigem Wirken, in angemessenem Walten da, wo das Schicksal die Frau hinstellte, und wenn der gewaltige männliche Geist einen Theil seiner Kraft schon durch ungeduldiges Sträuben und Kämpfen zersplittert hat, dann stemmt sich das schwächere Weib unermüdet dem drohenden Verhängnisse entgegen und erreicht in stiller Ausdauer oft dasjenige, was der ausbrechende Sturm in des Mannes Gemüth unmöglich gemacht hat. Mächtig aber und unläugbar ist der Zauber hoher, edler, duldender Weiblichkeit, wenn sie den Gipfel erstiegen hat, der ihr hienieden zum Ziele dient; wenn das liebende Gemüth nur von sanften Gefühlen belebt mit Milde und Nachsicht fremde Schwächen erträgt, mit inniger Ergebung die Schläge des Schicksals aufnimmt und jeden unweiblichen Ausbruch leidenschaftlichen Wesens zurückzuhalten weiß. Der rohe Sinn, die wilde Heftigkeit verstummt vor ihr und mildert sich in ihren holden Strahlen; sie bessert da, wo noch einige Empfindung wohnt, sie hebt das verzagende Gemüth, sie leuchtet mit freundlichem Licht auf den dunkeln Pfaden des Lebens und ihr Einfluß wie ihre Wirkungen sind nicht zu berechnen.

Frau von Detmund, deren viel geprüfter Sinn sich frühe gewöhnt hatte, jeden äußern Eindruck mit Fassung in sich aufzunehmen und die Freude wie den Schmerz zu bezwingen, war auch jetzt die Erste, welche sich in die Seligkeit zu finden wußte, die dem Alter und der Erfahrung zum Trotz sich ihres Herzens bemächtigt hatte. Von der tiefen Bewegung in die ihr geziemende still freundliche Heiterkeit übergehend, faßte sie des Freundes und des Sohnes Hand, mit einigen milden Worten das Verhältniß zwischen beiden und den Dank bezeichnend, der seit Jahren in dem Innern ihrer Brust dem fernen Geliebten gezollt worden war. Dann legte sie die kleine lächelnde Klara in des Kriegers Arm, als den jüngsten Repräsentanten aller ihrer ältern Vorgänger, und das freundliche, gar nicht schüchterne Mädchen fand an den glänzenden Achselbändeln und den goldenen Schnüren ein solches Behagen, daß es sich traulich an ihn schmiegte und selbst den ausgebreiteten Arm der Mutter verschmähte. Auch die Uebrigen drängten sich herzu: der kecke Rudolf, dessen Knabensinn die hohe Gestalt, die dicht anschließende Uniform, die schwankende Feder auf dem Hute und vor Allem der blanke Säbel erfreute, der schmeichelnde Otto, der mädchenhaft zarte Julius und die beiden jüngern Schwesterchen wurden von der Großmutter dem Freunde zugeleitet, selbst auf Emma's liebliche Lippen durfte Laßbergs bärtiger Mund sich drücken, und zuletzt fragte ihn die Matrone halbleise: »ob er nicht glaube, es seien solche Flüchte der Preis eines entsagungsvollen und schmerzerfüllten Lebens wohl werth?« – »Auch ich habe aus dem Sturme des meinigen Etwas gerettet«, erwiederte der Oberst, mit einem zärtlichen Händedruck, indem er auf seinen jungen Begleiter wies, der bis jetzt in bescheidener Entfernung und in dem fröhlichen Tumulte fast übersehen in einer Ecke gestanden hatte. »Ich hoffe, auch die erfreuliche Blüthe wird mir gleich der Ihrigen Früchte tragen, besonders wenn Sie, theure Freundin, dazu Ihren Segen geben. Es ist mein Neffe, ein junger Laßberg«, setzte er hinzu, ihr den jungen Mann darstellend, »der sich Ihr Wohlwollen erbittet; Sie sind ihm nicht unbekannt, unter dem fremden Himmel, wo er mich vor einigen Jahren aufsuchte, lernte er meiner Freundin Namen und Charakter ehren und lieben, und«, indem er lächelnd die halb verlegene Miene des Jünglings betrachtete, »ich darf versichern, daß seine Ungeduld, hier anzukommen, fast der meinigen glich,« – »Aber wie ist mir denn«, begann der Oberst von Neuem, nachdem der junge Laßberg bewillkommt und gleichsam als Mitglied in den trauten Kreis aufgenommen worden war, »wie ist mir denn? Sehe ich wirklich die ganze Familie versammelt, und haben Sie nicht noch eine andere erwachsene Enkelin als dieses hübsche Kind, dessen blaue Augen tief in Herz und Brust dringen?«

Wenige französische Worte, den Kleinen noch unverständlich, machte den beiden Fremden klar, daß ihre Erscheinung hier ein Fest unterbrochen hatte, dessen Beendigung sie eifrig erbaten, mit dem Beifügen, daß sie erst dann sich recht heimisch fühlen würden, wenn sie eine Freude getheilt hätten, die ihnen die süßesten Erinnerungen aus der Vergangenheit herausrufe. Da Klaire, von der Ankunft der beiden Laßbergs nichts ahnend, ohnehin schon zwei Mal hatte wissen lassen, daß sie bereit sei, so wurde alsbald Anstalt zu dem feierlichen Eintritt in den Saal gemacht, die Flügelthüren öffneten sich rauschend, ein heller Schimmer unzähliger Lichtchen blendete fast die Eintretenden, und stürmisch und jubelnd, als stehe ihnen das Recht zu, ihr Eigenthum zuerst zu beschauen, drängten sich die Kinder voran, tanzten fröhlich um die reich ausgestatteten Tische, und die Blicke eines jeden fanden flugs den erfüllten Lieblingswunsch heraus. Die Matrone war mit den Fremden im Hintergrunde stehen geblieben und ihr mütterliches Auge verklärte sich in freudiger Wehmuth bei dem Treiben der Kinder und in der tief empfundenen Nähe des geliebten Freundes. Dieser hielt die theure Hand in der seinen, als wollte er nun nicht mehr lassen, was ein feindseliges Geschick ihm zu lange entzogen hatte, und leise flüsterte seine liebende Stimme: »Gedenken Sie noch, Elise, der Zeit, wo auch unser Weihnachtsbaum leuchtete? Sollte sie *nun* nicht wiederkommen, die schöne Zeit?«

Aber was war das? Die Kinder wie die Erwachsenen, geblendet durch das strahlende Lichtmeer und betäubt durch den fröhlichen Tumult, hatten im ersten Augenblicke die hehre und glänzende Gestalt nicht bemerkt, die im Hintergründe zwischen den aufgeputzten Tischen auf einem Piedestal stand, und in welcher bei der unverrückten, malerischen Stellung man beinahe eine Bildsäule vermuthen konnte. Das blendend weiße Gewand, in schöne Falten geworfen, umgürtete ein Kranz von Rosen, Rosen umschlangen den schlanken Körper, Rosen versteckten sich in dem dunkeln, glänzenden Lockengewebe, und ein Schleier von Silbergaze stoß von dem Scheitel bis zur Fußsohle und verhüllte das Gesicht. Den einen Arm breitete sie gegen die Kinder aus, als sei durch ihre Allmacht eben die ganze herrliche Umgebung entstanden, in der andern Hand hielt sie ein Körbchen, in Form eines Füllhorns, aus welchem die seltensten und kunstreichsten Gewebe und Stickereien in Seide und Tüll herausschauten. Unbemerkt hatte Emma sich zu einer Ecke des Saals gewendet, wo ihre Harfe stand, und die beiden zarten Händchen lockten nun Töne aus den Saiten, deren Wohllaut in jedem Augenblick die Gemüther angesprochen haben würde, die aber in dieser Minute, in der ohnehin die Lebensgeister der Anwesenden ungewöhnlich aufgeregt waren, einen wahrhaft zauberischen Eindruck machten.

Bei den ersten Lauten der Harfe fing die verschleierte Gestalt an sich zu bewegen, die Arme breiteten sich aus, die kleinen Füßchen stiegen in taktgemäßem Schritt über das Fußgestell herunter, und trugen die liebreizende Erscheinung in die Nähe der Kinder, die durch den unerwarteten Anblick im Besehen ihrer Bescherungen unterbrochen und in sprachloses Erstaunen versunken, sich schüchtern in ein Häufchen zusammengedrückt hatten und in dem holden Wesen mit tiefer Ehrfurcht den nie gesehenen und unter heimlichen Schauern herbeigewünschten Weihnachtsengel erkannten. Jedem der freundlichen Kleinen theilte die liebliche Gestalt aus dem Füllhorn ein angenehmes Geschenk mit, das sie mit zitternden Händen und tiefen Verbeugungen empfingen und auf die liebkosenden Reden, Fragen und Ermahnungen kaum zu antworten wagten. Auch den Eltern der muntern Schaar bescheerte das holde Weihnachtskind Netze und Binden mit Feenkunst gewirkt und fügte in halbem Kauderwelsch scherzende, heitere Worte hinzu; der liebenswürdigen Spielerin aber, die noch immer mit einzelnen, leise verhallenden Akkorden jede Bewegung begleitete, hängte sie eine Kette von schwarzen Flechten mit Gold eingefaßt um den blendend weißen Nacken und hauchte liebend einen Kuß auf die helle Stirn. Der junge Laßberg war bei den ersten Tönen der lieblichen Stimme in tiefer Bewegung hinter Frau von Detmund und seinen Oheim getreten, und es entwanden sich so sehnsüchtige Seufzer seiner Brust, daß die alte Dame nicht umhin konnte, befremdet zurückzuschauen und ihres Freundes seltsames Lächeln nicht zu deuten wußte. Da schwebte aber das Mädchen leichtfüßig auf die Matrone zu, stutzte zwar die Dauer einer Sekunde über die Gegenwart eines Unbekannten, allein ohne sich in ihrer Rolle irre machen zu lassen, bog sie ein Knie vor der verehrten Frau und überreichte ihr mit den Geberden der innigsten Liebe einen Strauß künstlicher Blumen, deren zarter Bau nicht nur, deren Duft sogar die natürlichen nachahmte: »Du streuest der Blumen Fülle überall auf Deiner Kinder Lebenswege, und Dir hat das Schicksal nur wenige gereicht. Aber sieh nur, dem Danke ihrer Herzen sind Rosen und Veilchen und das Blümchen der Treue mitten im starrenden Winter entblüht; sie kränzen damit Deine alternden Tage und wollen dich lieben und pflegen und mit dem Glück ihres Frühlings Deine Zukunft verschönern, so lange Dein liebes Herz schlägt.« So sprach in flüsternden Lauten das holde Kind und umfing die Knie der theuern Mutter. Da wurde durch die Bewegung, welche diese machte, indem sie das geliebte Mädchen umarmen wollte, der Hintergrund sichtbar, die Knieende erblickte einen hellbraunen Lockenkopf, der sich an die Schulter des Obersten lehnte, dessen helle Augen in nie vergessenem Ausdruck auf ihr ruhten, und überwältigt von der Macht dieses schönen Augenblicks, nachdem ihr Gemüth mehr als sonst aufgeregt geworden war, sank sie zusammen und wurde kaum noch von den Armen des ältern Laßberg aufgefangen.

Klaire erwachte nach kurzer Bewußtlosigkeit, denn nur eine solche vermag die Ueberraschung der Freude hervorzubringen, auf dem Sopha in den Armen der Großmutter. Emma beugte sich ängstlich zagend über die geliebte Freundin, der Oheim Laßberg stand dieser zur Seite und verschwendete eine Fluth kölnischen Wassers, um den betäubten Geist wieder zu sich selbst zu bringen, und in der Ferne standen die Kinder, denen bei der Verwandlung des Weihnachtskindleins in Tante Klairen und bei der Enttäuschung, die sie erlitten hatten, gerade so zu Muthe sein mochte, wie dem jugendlichen Herzen, das, unter den Trümmern der Unschuldswelt groß gewiegt und von allen den süßen Bildern des unbefangenen Kindheitssinnes umgeben, nun in das Leben tritt, wo die rauhe Wirklichkeit schnell die glänzenden Schwingen der flatternden Psyche ihres Farbenduftes beraubt und sie entzaubert dem matten Auge wieder darstellt. Gleichwohl hinderte dieß nicht, daß die Kleinen, als Klaire zur Besinnung zurückkam, sich um sie drängten, und halb in der Freude über ihre Genesung, halb aus Spott über die Ehrfurcht, die sie ihnen abgedrungen hatte, sich des Flitterstaates bemächtigten, der halb zerstört um sie herumhing, und mit dem sie nun wie mit Siegestrophäen in dem Saale herumzogen. Klairens dunkle Augen aber fielen, ehe sie die Thränen der erschütterten Großmutter, Emma's liebende Sorge und die zärtlichen Bemühungen der übrigen Freunde bemerkte, auf den vor ihr knieenden Jüngling, dessen Hände die ihrigen hielten, dessen Blicke mit verzweifelndem Schmerze auf ihr gehaftet hatten, und in dessen ganzem Wesen ihre Wiederkehr zum Leben einen Rausch des Entzückens hervorbrachte: »Felix, find Sie es wirklich? Neckt mich kein Traum meiner erregten Phantasie?« So stammelte der süße Mund, und indem sie die Arme um Frau von Detmund schlang und das erröthende Gesicht an ihrer Brust verbarg, rief sie ängstlich: »Mütterchen, sei nicht böse auf mich! Wußte ich denn, ob ich ihn wiedersehen würde; durfte ich Dir die thörichten Wünsche und Träume meines Herzens gestehen?«

Frau von Detmund hatte bereits in den Ausrufungen des jungen Laßberg, in Klairens Ohnmacht und den tiefen Gemüthsbewegungen, deren Spuren sich auch beim Erwachen in ihrem ganzen Wesen zeigten, einen Theil dessen erkannt, was früher in dem Herzen ihrer Enkelin vorgegangen war, und man darf um so weniger zweifeln, ob ihr die Entdeckung angenehm gewesen sei, die ihr in dem geliebten Neffen ihres Freundes einen Enkel verhieß, als das Aeußere des jungen Mannes und vorzüglich der treue Blick seiner freundlichen Augen manche schöne Eigenschaft des Gemüthes verbürgten. Was ihr und was Klairen, deren Seele das Glück, in dem lange und herzlich geliebten Felix einen ihrer ganzen Familie befreundeten Gegenstand zu finden, fast nicht zu fassen vermochte, jetzt zu wissen noch übrig war. erfuhren sie beide, nachdem die verstörten Gemüther sich wieder gesammelt hatten, die Kinder von dem Uebermaße der Freude ermüdet, jedes mit dem liebsten Theile seiner neuen Besitzungen zu Bette gezogen war, und der Oberst in dem freundlichen Zimmer, das ihm um des Wiedersehens willen immer das liebste sein mußte, zwischen seiner Freundin und dem jungen Mädchen gemüthlich plaudernd auf dem Sopha saß.

»Felix war«, so erzählte er nun der Freundin, »nachdem er seine Studien vollendet und durch des Oheims thätige Hülfe in Allem unterrichtet war, was zu seinem einstigen Fortkommen dienen konnte, eben im Begriffe gewesen, die Reise nach Ostindien anzutreten, wohin theils der Wunsch, seinen edlen Verwandten kennen zu lernen, theils das Versprechen einer vortheilhaften Anstellung ihn zogen, als er bei seiner Durchreise durch Frankreich Klairen und mit ihr ein Gefühl kennen lernte, das ihm bis jetzt fremd gewesen war, und dessen Gewalt über sein Schicksal unwiderruflich entschied. Die Rechtlichkeit seines Charakters hatte ihm nicht erlaubt, die plötzlich Gefundene und schnell wieder Verlorne in eine ungewisse Zukunft zu verwickeln, und seinem Herzen zum Trotz, das ihm unaufhörlich den Namen von Klairens Gastfreunden und des von ihr bewohnten Hauses zuflüsterte, hatte er seine auf den nächsten Morgen bestimmte Abreise um keine Stunde verzögert, wohl fühlend, daß ein neues Zusammentreffen mit dem liebenswürdigen Mädchen entscheidend werden, daß es feindlich eingreifen könnte in ein Geschick, das ihm mehr als sein eigenes am Herzen lag. Die Bestimmung nicht aus den Augen zu verlieren, der er sich hingegeben hatte, wenn nun einmal unbezwingliche Notwendigkeit, wollte er nicht alle Aussichten auf eine ehrenvolle, unabhängige Existenz leichtsinnig verscherzen. Er hatte seinem Oheim Alles zu verdanken, denn des Vaters Vermögen war so gering, daß es kaum zu dem nothdürftigen Unterhalte seiner zur Wittwe gewordenen Mutter hinreichte; Erziehung, Bildung, die Möglichkeit sich auf eine höchst anständige und seines Standes nicht unwürdige Art in der Welt zu zeigen, jeden Genuß seines Alters hatte ihm der väterliche Freund verschafft, der nun seinen Wohlthaten die Krone aufsetzen wollte, indem er ihm eine seinen Talenten angemessene Stellung geben und ihn zu seinem dereinstigen Erben erklären wollte. Für alle diese Opfer verlangte er nur seines Neffen Gegenwart, des einzigen Wesens, für welches er nach dem Verluste seines Lebensglückes gelebt und gewirkt hatte. Wie hätte dieser um einer thörichten Neigung willen Alles hinwerfen können, was Ehre und Dankbarkeit, was sogar die einfachste Lebensklugheit von ihm forderte; und zu was hätte es ihn geführt, wenn er wirklich den Eingebungen seines Herzens hätte Folge leisten wollen? Wie hätte er, dessen Aussichten durch eine solche Handlungsweise zertrümmert werden mußten, sich den Verwandten des geliebten Mädchens nähern und ihnen Anträge machen dürfen, wie hätte er den Muth gewinnen können, sich in seiner Vaterstadt in so traurigen Verhältnissen wieder zu zeigen, nachdem er mit Allem umgeben und ausgestattet, was dem Liebling eines reichen Mannes zu Theil werden mochte, von dort geschieden war? – Nein, er mußte seinem Verhängnisse folgen, er mußte die zum ersten Mal erwachende, mächtige Leidenschaft in seinem Herzen bekämpfen, und wollte er seinen Grundsätzen gemäß, wollte er großmüthig handeln, so mußte er sogleich fliehen und den Wunsch unterdrücken, noch einmal die keimende Neigung in Klairens schönen Augen zu sehen, damit nicht ein unschuldiges Wesen in die Ungewißheit seines Schicksals verflochten würde. Diese, bei der heutigen jungen Männerwelt selten gewordene Gewissenhaftigkeit führte Felix den Tag nach dem Zusammentreffen in der Kirche mit der Flügelschnelle vier rascher Postpferde von dem gefährlichen Orte weg, und wohl fühlend, daß er recht gehandelt hatte, sank er nach einer glücklichen und ziemlich heitern Reise seinem unbekannten Oheim und Wohlthäter in die Arme. Der Oberst fand, wie es denn auch nicht anders sein konnte, an dem edlen, talentvollen, in jeder Hinsicht liebenswerten Manne ein ungemeines Behagen, und es ging für ihn mit dieser neuen Erscheinung gleichsam ein zweites Leben auf. Nicht nur fühlte er sich durch die Persönlichkeit und die Eigenschaften seines Neffen angezogen, nicht nur war er stolz auf die Lobsprüche, die er überall erhielt, nicht nur machte ihn der Gedanke glücklich, daß es hauptsächlich seinem Einwirken zuzuschreiben sei, daß die hoffnungsvolle Blüthe sich zu der reifenden Frucht gestaltet hatte, aber es knüpfte sich mit seinem jungen Freunde wieder ein neues Band an die immer werth gehaltene Heimat in seinem Herzen; längst verblichene Bilder wurden wieder hell, Empfindungen, die er das ganze Leben hindurch treu in der Brust getragen hatte, regten sich mit neuer Stärke, und Laßberg wurde nicht müde, Erzählungen und Nachrichten zu hören, die ihn mit dem seinen Vaterlande, so schien es ihm, wieder zusammenknüpften. Eins nur blieb ihm räthselhaft in Felix Gemüth; es hatte sich über sein ganzes Wesen ein leiser Anflug von Schwermuth verbreitet, die sich selbst in den lebendigsten und anmuthigsten Umgebungen nicht verlor, und die der alte Laßberg vorerst als leichte Spuren von Heimweh ansah. Nähere Beobachtungen machten ihm aber deutlich, daß es irgend ein anderes Gefühl sei, welches das jugendliche Herz mit dem Schleier der Wehmuth verhülle, das an stillen Abenden, die in jenen Gegenden so unbeschreiblich schön sind, und mit ihren weichen Tinten in die sehnsüchtige Seele übergehen, einen feuchten Schimmer in seine Augen lockte, das ihn von jedem rauschenden Vergnügen zurückhielt und ihm bei dem Anblicke der schönsten weiblichen Gestalten eine unerklärliche Gleichgültigkeit gab. Zu lange und zu unbedingt hatte sich der Oheim ähnlichen Empfindungen hingegeben, zu genau war er mit den Kennzeichen derselben befreundet, als daß er sich über den Herzenszustand seines Neffen hätte täuschen können, und überhaupt, daß die Reise zu ihm irgend ein zartes Verhältniß zerrissen habe, entschlossen, das Glück, dessen er selbst schmerzlich entbehren mußte, um jeden Preis dem einzigen Menschen zu verschaffen, mit dem sein eigenes Dasein enge zusammenhing, näherte er sich mit der ganzen Sorglichkeit zärtlicher Freundschaft dem jungen Manne und suchte, sich sein Vertrauen zu erwerben. Wie aber kann dieses schneller und unbedingter erlangt werden, als wenn Seele gegen Seele sich aufschließt? Zum ersten Male gedachte nun der Oberst gegen Felix der Zeit seiner Jugend und deutete die Ursache an, die ihn aus der Heimat vertrieb; zum ersten Male nannte mit zitternder Stimme den Namen seiner Freundin, und fragte den Neffen, ob ihm von ihrem

Schicksale nichts bekannt sei? Die sichtliche Betroffenheit des jungen Mannes machte ihn aufmerksam, die dunkle Röthe, die sich über sein Gesicht ergoß, ließ ihn ahnen, daß hier das Geheimniß verborgen liege, und es konnte ihm nun wenig Mühe kosten, dasselbe aus dem ihm ergebenen Herzen zu Tage zu fördern. Als er erfuhr, was Felix aus dem Munde des Bekannten vernommen hatte, bei welchem er sich in jener Stadt aufhielt, und der zufällig ein Freund der Familie war, bei welcher Klaire wohnte, als er hörte, daß das Mädchen, dessen Bild sein Neffe unter diesen fernen Himmel gebracht hatte, die Enkelin jener Frau sei, deren Andenken in seinem Herzen immer noch herrschte, als ihm kund ward, daß ihre Fesseln lange schon gebrochen seien, da faßte ihn seit vierzig Jahren zum ersten Male wieder eine Ahnung von Glück, und hastiger fast noch als der jüngere Mann betrieb er von dieser Minute an den Plan, heimzukehren nach den vaterländischen Fluren, die nun plötzlich wieder das ehemalige Interesse in ihm erregten, und wo er fortan leben und sterben wollte. Daß diese Reise nicht so schnell vor sich gehen konnte als beide wünschten, daß Vorkehrungen getroffen, Maßregeln genommen werden mußten, die Zeit erforderten, das begreift sich leicht; aber als dann einmal der Augenblick der Erlösung gekommen war, da wurde auch die Rückkehr zur Heimat mit einer Eile veranstaltet, als säße ihnen der Tod auf den Fersen; weder die Gefahren der Seereise in der schon nahenden, stürmischen Jahreszeit, noch die ausgestandenen Beschwerden am Ende derselben hielten die Eilenden auf, und eben hallten die Glocken zum Abendgottesdienste durch die reine kalte Luft, als sie zum Thore des kleinen Städtchens einfuhren, das nach eingezogenen Erkundigungen das Ziel aller ihrer Wünsche in sich begriff. Angesprochen durch den feierlichen Klang, hingerissen durch eine theure Erinnerung, überzeugt, daß in diesem Zusammentreffen von Umständen das Gelingen seiner innigsten Wünsche verbürgt werde, erhoben durch eine fast schwärmerisch religiöse Empfindung, die ihn unwiderstehlich zu der heiligen Stätte rief, wo er in ähnlichem Momente vor zwei Jahren die Geliebte gefunden hatte, fühlte sich Felix zu der etwas sonderbaren Bitte an seinen Oheim veranlaßt, mit ihm die Kirche zu besuchen, ehe weiter ein Schritt zu dem ersehnten Wiedersehen gethan würde. Und sein Herz hatte ihn glücklich geleitet; in dem dunkeln Raume ahnete er die Nähe des theuern Mädchens, sein zarter Sinn sagte ihm, daß auch sie durch ein liebes Andenken hierher gezogen worden sei, und auf dem Heimwege erkannte er, des Schleiers ungeachtet, die geliebte Gestalt, in deren Wiederfinden er die schönsten Vorbedeutungen zu erkennen glaubte. »Was nun aber aus uns werden soll, das müssen Sie bestimmen«, fuhr der Oberst fort, indem er die festgehaltene Hand der Matrone sanft drückte und Klairen freundlich in die sich niederschlagenden Augen blickte. »Werden Sie uns nach Bombay zurücksenden, mein liebes Kind, von wo Ihr holdes Bild uns so schnell nach der Schweiz gezogen hat? Oder wollen Sie gütig und lieb wie die Großmutter es war und noch ist, die Fremdlinge in dem Vaterlande festhalten, sie wieder einverleiben in die lang entbehrten Verhältnisse des traulichen Familienvereins und einführen zu dem Glück des Hausaltars? Für Felix bürgt Ihnen das Wort des Oheims und mehr noch als dieses der Edelmuth und die Gediegenheit eines Betragens, zu welchem ihn das zarteste Gefühl der Pflicht aufgemahnt hat, und für mich wild vielleicht die Großmama gut sprechen und Ihnen sagen, daß ich bereit sei, ihr liebes Kind mit der vollen unwandelbaren Zuneigung eines zärtlichen Vaters zu umfangen und zu halten mein Leben lang!«

Wohl hätte es vielleicht der Nähe des geliebten Mannes und des bittenden Blicks seiner Feueraugen nicht bedurft, um aus Klairens Munde die Bestätigung ihrer Wünsche und Entschlüsse hervorzuziehen, und es blieb nach dem leisen Geständnisse der Enkelin der alten Dame kein Räthsel mehr, warum anderweitige, recht annehmliche Bewerbungen in dem lange schon besetzten Herzen keine Aufnahme hatten finden können. Der Weihnachtstag, der mit den lieblichen Strahlen seiner Wintersonne über den Glücklichen aufging, sah Klairen und Felix die sichtbaren Pfänder der Liebe tauschen, wie lange schon die Seelen sich mit einander vereinigt hatten; er sah, wie die gesegnete Großmutter in dem Kreise aller ihrer Kinder und Enkel die Hände der Liebenden in einander fügte und sie mit vor Freude bebender Stimme einweihte zu einem glücklichen, tugendhaften Leben, dessen Quellen, in der eigenen Brust entspringend, sich einst, wenn ihr Wesen rein und ungetrübt bleibt, in die Ewigkeit ergießen; er war Zeuge, wie Emma der Freundin einen Kranz von Myrthen und Rosen zum Weihnachtsangebinde brachte, und wie durch die Thränen der Rührung der Strahl sanfter Freude brach, als eine leise Ahnung eigenen Glücks; und als auch dieser frohe Tag zu seinen Brüdern hinuntersank, da fühlte jedes Glied des fröhlichen Vereines, daß, wenn auch dem armen Menschen die Leidensstunden weit länger und in größerer Anzahl erscheinen, als die kurzen frohen Augenblicke, dennoch ein solcher Moment hinreiche zur Entschädigung für schweres und tiefes Leid.

Als einige Monate später die wärmende Sonne der ersten Apriltage fast jede Spur des unfreundlichen Winters ausgelöscht hatte, als der welke Rasen in liebliches Grün umgewandelt dem Auge wohlthat, das sich an dem Kerzenlichte der langen Nächte ermüdet fühlte; als warme Südlüfte wehten, die Veilchen in bescheidener Verborgenheit ihren erquickenden Duft den wieder auflebenden Menschen spendeten und Hyazinthen in Menge sich aus den Knospen entwickelt hatten, da vereinigte sich aufs Neue die ganze Familie in freudigem Leben. Wir finden sie in dem Garten der Großmutter, wo so eben das Kinderfest des Ostertages gefeiert worden war, und die kleinen wie die großen Kinder die bunten, in ihrer Farbenpracht weithin schimmernden Eier unter blühenden Büschen gesucht und gefunden hatten. Die muntere Schaar tummelte sich auf den Rasenplätzen umher, wußte sich vor Vergnügen in der lieblichen Frühlingswärme nicht zu lassen, und wir bemerken, wie so eben die kleine Klara unter Rudolfs Beistand die ersten, unsichern Schrittchen versucht, während Vater und Mutter Arm in Arm lächelnd den Spielen zuschauen. In der Allee, deren Bäume hie und da sich mit seinem, lichtem Grün bekleidet haben, schreitet ein Pärchen auf und nieder, so in sich selbst vertieft, so ganz den Gefühlen einer Zeit hingegeben, die nimmer wiederkehrt, daß wir keine Mühe haben, Felix und Klairen zu erkennen, die verloren in die Plane und Hoffnungen einer schönen Zukunft, Frühling und Blumen, Himmel und Erde um sich vergaßen. Uebermorgen ist der ersehnte Tag, der beide auf ewig mit einander vereinen, der ihnen das Paradies erschließen soll, mit dem allein eine gute Ehe verglichen werden kann. Der Winter ist ihnen in Trennung und Wiedersehen dahin geschwunden, denn die Einrichtung des jungen Paares, die nothwendig in Laßbergs Vaterstadt bewirkt werden mußte, hat Oheim und Neffe oft entfernt gehalten, und der erstere hat weder Mühe noch Kosten gescheut, um das Nestchen seiner Lieblinge recht warm und nett zu bauen. Der Raum, der sie künftig von den Freunden trennen wird, ist nicht groß, er mag leicht und so oft es das Herz wünscht, übersprungen werden, und die Glücklichen, deren Pfad keine drohende Wolke verdunkelt, dürfen sich ohne Rückhalt der Seligkeit einer so schönen Zeit hingeben. Indem wir aber unsere Blicke weiter umherstreifen lassen, erschauen wir eine Gruppe, die uns Hoffnung gibt, der bevorstehende Feiertag werde sich für die Familie bald wiederholen.

In der Laube, über welche sich der hochstämmige, jetzt noch unbelaubte Akazienbaum beugt, und in der binnen wenigen Wochen die Düfte von tausend Jelänger-Jelieber-Blüthen die Sinne erfreuen werden, sehen wir Emma, deren Gesichtchen zu der Erde niedergebeugt, auf welcher der Fuß in angenehmer Verlegenheit magische Kreise und Figuren zeichnet, mit der glühendsten Rosenfarbe übergossen ist, und deren Ohr den Einflüsterungen eines jungen Mannes gefällig horcht, welchen wir alsbald als den von Klairen verschmähten Werner erkennen. Die Art und Weise, mit der das junge Mädchen die halb zurückgezogene Hand dem Gesellschafter wieder überläßt, und der zärtliche Blick, der sich fast unmerklich zuweilen aus dem schüchternen Augenpaare hinüberstiehlt, überzeugen uns sattsam, daß dem werthen Ueberläufer verziehen ist, und des gutmüthigen Kindes Bescheidenheit es ganz natürlich findet, daß früherhin die viel liebenswürdigere Base vorgezogen wurde. Die nähere Kenntniß von Werners Charakter gibt uns aber auch die Gewißheit, daß nach seiner nunmehrigen bestimmten Erklärung keine Wandelbarkeit in seinem Herzen mehr das Glück seiner künftigen Gattin gefährden wird, und das fernere Zusammenleben mit ihrer Familie, dessen ihr liebendes Gemüth bedurfte, vermehrt um vieles Emma's heitere Aussichten.

Auf der Bank aber hinter dem Hause, welche, etwas erhöht, die Uebersicht des ganzen Gartens gewährt, saß die Großmama neben dem geliebten Freunde, und Beider Augen ruhten abwechselnd und wohlgefällig auf den verschiedenen Gruppen, deren Eigenthümlichkeiten ihnen einen fröhlichen Lebensabend verhießen. »Und wollen nicht auch wir am Ende unserer Laufbahn den Bund besiegeln, den wir im Anbeginn derselben gelobt und, so weit die unglücklichen Verhältnisse es zuließen, treu und unwandelbar im Auge behalten haben? Wollen nicht auch wir unser Dasein vereinigen, das lange getrennt und darum den furchtbarsten Schmerzen preisgegeben, dennoch die Herzen nur dichter und unauflöslicher an einander geknüpft hat?« So fragte Oberst Laßberg, indem er sich an die Freundin seines Herzens wandte, und seine bewegte Stimme die Gefühle seiner Seele lauter kund that, als es Worte vermocht hätten. Frau von Detmund sah ihn mit dem klaren, milden Auge an, dessen Ausdruck, schon ehe sie sprach, jede Bewegung des Gemüthes beruhigen mußte, und in dessen Tiefe man unmöglich schauen konnte, ohne zu fühlen, daß der aus ihm leuchtende Geist mit freundlicher Verständigkeit Alles prüfen und das Beste behalten werde. »Lassen Sie uns, lieber Freund«, erwiederte sie, »dankbar genießen, was ein vergeltendes Geschick in dem Spätherbst unsers Lebens uns an hohem Glück beschieden hat, und uns vor Ansprüchen hüten, deren Erfüllung uns leicht von dem geebneten Pfade auf unwegsame Höhen führen könnte. Wir leben nicht mehr in der jugendlichen Zeit, wo eine gänzliche Vereinigung allein das Glück zu begründen vermag; wir stehen beide auf der letzten Stufe unsers Daseins, Erfahrung und Alter haben uns weiser gemacht und unsere Empfindungen geläutert, ohne ihrer Innigkeit etwas zu rauben; unser Verhältniß ist eins der angenehmsten und beglückendsten, es begreift jeden Genuß in sich, der unsern Jahren zusteht, es vereinigt unser Interesse wie unsere Herzen und wird niemals den Eigenheiten unterliegen, die dem einen und andern von uns in einer langen Vergangenheit vielleicht zur zweiten Natur geworden sind. Begnügen wir uns mit so schönem, oft so unerreichbarem Glücke, und setzen Sie nicht durch einen Willen, dem ich meine Wünsche freilich auch gegen meine Ueberzeugung aufopfern würde, die Großmutter den Glossen des lichtenden Publikums und dem Lächeln der eigenen Enkel aus. – Mit einander und für einander müssen wir leben und sterben«, fuhr sie mit liebenden Schmeichellauten fort, als sie den verdüsterten Blick des Freundes bemerkte; »unsere Zukunft mir getrennt zu denken, vermag ich so wenig als Sie, und dem helldenkenden Philosophen wie dem müden Pilger bietet dieser Erdenwinkel Vorzüge genug dar, die ihn für ein zerstreuteres Weltleben zu entschädigen vermögen. Bleiben Sie in meiner Nähe; meine Kinder sind die Ihrigen, jede meiner Freuden wird, von Ihnen getheilt, zum herrlichen Genusse, und während kein Tag vergeht, der uns nicht auf einige Stunden vereinigte, verwenden wir die übrige Zeit zu Geschäften, deren Wichtigkeit oder Unwichtigkeit wir uns dann mittheilen. Mit einander und für einander lebend erreichen wir das Ziel, das keines von dem andern auf lange Zeit trennen kann, und ich gebe Ihnen mein Wort, Sie werden sich oft gestehen müssen, daß in *einiger* Entbehrung die wahre Würze des Glückes liegt, und daß der stille Schimmer unsers Abends dem hellen Strahl der Mittagssonne weit vorzuziehen sei.«

Und die Verheißung der Großmutter ist in Erfüllung gegangen. Oberst Laßberg hat sich in ihrer Nähe angekauft, und die freundliche Emma waltet als Hausmütterchen mit ihrem Gatten und ihren beiden Kindern in dem wohnlichen Hause, dessen Garten des Eigenthümers Hand zum wahren Paradiese verschönert hat, und das ihr und ihren Nachkommen zum dereinstigen Besitze zugesichert ist. Die Kinder alle hängen so ausschließlich an dem Oheim Laßberg und an den Herrlichkeiten, die sein Hof und Garten darbietet, daß man glauben sollte, dort sei ihre eigentliche Heimat, und die alte Dame selbst an hellen Sommerabenden, wenn gar Niemand von der jungen Welt zu ihr kommen will, dieselbe in des Freundes Hause aufsuchen muß. Klaire und Felix leben in ihrem größern Zirkel, für den sie eigentlich mehr gebildet sind, eben so glücklich, ohne darum die Lieben zu vergessen, deren Wohnort jedes Mal von ihnen heimgesucht wird, wenn es ihnen Noth thut, in der friedlichen Stille eines heitern Familienlebens sich zu erholen oder die Seele zu stärken. Der Vorabend des Weihnachtsfestes aber entschwindet nie, ohne *Alle* zu vereinigen, und der weite Saal der Großmama, in dessen Mitte jedes Mal ein für sie aufgeputztes Bäumchen steht, das des Freundes Hand geschmückt hat, ist bald nicht mehr geräumig genug, die Glücklichen zu fassen.

<u>Titelliste Taschenbuch-Literatur-Klassiker</u>

Bd. 1 *Abenteuer und Fahrten des Huckleberry Finn*, Mark Twain, Bd. 2 *Andersens Märchen*, Hans Christian Andersen, Bd. 3 *Anton Reiser*, Karl Philipp Moritz, Bd. 4 *Aus dem Leben eines Taugenichts*, Joseph Freiherr v. Eichendorff, Bd. 5 *Bahnwärter Thiel*, Gerhard Hauptmann, Bd. 6 *Bambi Eine Lebensgeschichte aus dem Walde*, Felix Salten, Bd. 7 *Bauern, Bonzen und Bomben*, Hans Fallada, Bd. 8 *Bel Ami*, Guy de Maupassant, Bd. 9 *Bergkristall*, Adalbert Stifter, Bd. 10 *Candide oder der Optimismus*, Voltaire, Bd. 11 *Caspar Hauser oder Die Trägheit des Herzens*, Jakob Wassermann, Bd. 12 *Dantons Tod*, Georg Büchner, Bd. 13 *Das Bildnis des Dorian Grey*, Oscar Wilde, Bd. 14 *Das Dschungelbuch*, Rudyard Kipling, Bd. 15 *Das Fräulein von Scuderi*, ETA Hoffmann, Bd. 16 *Das Gemeindekind*, Marie v. Ebner-Eschenbach, Bd. 17 *Das Heptameron*, Margarete v. Navarra, Bd. 18 *Märchenbriefbuch der heiligen Nächte*, Max Dauphtendey, Bd. 19 *Das Marmorbild*, Joseph v. Eichendorff, Bd. 20 *Das Schloss*, Franz Kafka, Bd. 21 *Das Urteil*, Franz Kafka, Bd. 22 *David Copperfield*, Charles Dickens, Bd. 23 *Der abenteuerliche Simplizissimus*, Grimmelshausen, Bd. 24 *Der arme Spielmann*, Franz Grillparzer, Bd. 25 *Der eingebildete Kranke*, Moliere, Bd. 26 *Der ewige Spießer*, Ödön v. Horváth, Bd. 27 *Der Fürst*, Nocolò Machiavelli, Bd. 28 *Der Glöckner von Notre Dame*, Victor Hugo, Bd. 29 *Der goldene Esel*, Apuleius, Bd. 30 *Der goldene Topf*, ETA Hoffmann, Bd. 31 *Der Graf von Monte Christo*, Alexandre Dumas, Bd. 32 *Der grüne Heinrich*, Gottfried Keller, Bd. 33 *Der kleine Häwelmann und andere Märchen*, Theodor Storm, Bd. 34 *Der kleine Lord*, Frances Hodgson Burnett, Bd. 35 *Der letzte Mohikaner*, James Fenimore Cooper, Bd. 36 *Der Prozess*, Franz Kafka, Bd. 37 *Der Sandmann*, ETA Hoffmann, Bd. 38 *Der Schimmelreiter*, Theodor Storm, Bd. 39 *Der Schuss von der Kanzel*, Conrad Ferdinand Meyer, Bd. 40 *Der Seewolf*, Jack London, Bd. 41 *Der seltsame Fall des Dr. Jekyll und Mr. Hyde*, Robert Louis Stevenson, Bd. 42 *Der Stechlin*, Theodor Fontane, Bd. 43 *Der Sturmheidhof (Sturmhöhe)*, Emily Brontë, Bd. 44 *Der Tor und der Tod*, Hugo v. Hofmannsthal, Bd. 45 *Der Weg ins Freie*, Arthur Schnitzler, Bd. 46 *Der zerbrochene Krug*, Heinrich v. Kleist, Bd. 47 *Deutsches Märchenbuch*, Ludwig Bechstein, Bd. 48 *Deutschland. Ein Wintermärchen*, Heinrich Heine, Bd. 49 *Die Abenteuer der sieben Schwaben*, Ludwig Aurbacher, Bd. 50 *Die Burg von Otranto*, Horace Walpole, Bd. 51 *Die drei Musketiere*, Alexandre Dumas, Bd. 52 *Die Elixiere des Teufels*, ETA Hoffmann, Bd. 53 *Die Geschichte meines Lebens*, Georg Ebers, Bd. 54 *Die Insel Felsenburg*, Johann Gottfried Schnabel, Bd. 55 *Die Judenbuche*, Annette v. Droste-Hülshoff, Bd 56. *Die Kameliendame*, Alexandre Dumas, Bd. 57 *Die Kartause von Parma*, Stendhal, Bd. 58 *Die Kreutzersonate*, Lew Tolstoi, Bd. 59 *Die Leiden des jungen Werther*, Johann Wolfgang v. Goethe, Bd. 60 *Die Leute von Seldvyla I*, Gottfried Keller, Bd. 61 *Die Leute von Seldvyla II*, Gottfried Keller, Bd. 62 *Die Marquise*, George Sand, Bd. 63 *Die Marquise von O.*, Heinrich v. Kleist, Bd. 64 *Die Memoiren der Fanny Hill*, John Cleland, Bd. 65 *Die Ratten*, Gerhard Hauptmann, Bd. 66 *Die Räuber*, Friedrich v. Schiller, Bd. 67 *Die Regentrude*, Theodor Storm, Bd. 68 *Die Reisen des Baron zu Münchhausen*, Bd. 69 *Die Schatzinsel*, Robert Louis Stevenson, Bd. 70 *Die Verlobten*, Allessandro Manzoni, Bd. 71 *Die Verwandlung*, Franz Kafka, Bd. 72 *Die Verwirrungen des Zöglings Törleß*, Robert Musil, Bd. 73 *Die Waffen nieder*, Berta von Suttner, Bd. 74 *Die Wahlverwandtschaften*, Johann Wolfgang v. Goethe, Bd. 75 *Don Carlos*, Friedrich v. Schiller, Bd. 76 *Eduards Traum*, Wilhelm Busch, Bd. 77 *Effi Briest*, Theodor Fontane, Bd. 78 *Egmont*, Johann Wolfgang v. Goethe, Bd. 79 *Ein Held unserer Zeit*, Michail Lermontoff, Bd. 80 *Einsichten und Ausblicke*, Gerhard Hauptmann, Bd. 81 *Emilia Galotti*, Gottold Ephraim Lessing, Bd. 82 *Erinnerungen aus galanter Zeit*, Giacomo Casanova, Bd. 83 *Erzählungen*, Wilhelm Busch, Bd. 84 *Es waren zwei Königskinder*, Theodor Storm, Bd. 85 *Essays*, Michel de Montaigne, Bd. 86 *Franz Sternbalds Wanderungen*, Ludwig Tieck, Bd. 87 *Fräulein Else*, Arthur Schnitzler, Bd. 88 *Frühlings Erwachen*, Frank Wedekind, Bd. 89 Gedanken, Blaise Pascal,

Bd. 90 *Gefährliche Liebschaften*, Pierre-Ambroise-François Choderlos de Laclos, Bd. 91 *Gegen den Strich*, Joris-Karl Huysmany, Bd. 92 *Geschichte des Fräuleins von Sternheim*, Sophie v. La Roche, Bd. 93 *Geschichte vom braven Kasperl und dem Annerl*, Clemens Brentano, Bd. 94 *Geschichten aus dem Wienerwald*, Ödön v. Horváth, Bd. 95 *Glanz und Elend der Kurtisanen*, Honore de Balzac, Bd. 96 *Glück und Unglück der berühmten Moll Flanders*, Daniel Defoe, Bd. 97 *Götz von Berlichingen*, Johann Wolfgang v. Goethe, Bd. 98 *Gullivers Reisen*, Jonathan Swift, Bd. 99 *Heidis Lehr und Wanderjahre*, Johann Spyri, Bd. 100 *Heinrich von Ofterdingen*, Novalis, Bd. 101 *Hiob Roman eines einfachen Mannes*, Joseph Roth, Bd. *102 Immensee*, Theodor Storm, Bd. 103 *Iphigenie auf Tauris*, Johann Wolfgang v. Goethe, Bd. 104 *Italienische Märchen*, Clemens Brentano, Bd. 105 *Ivannhoe*, Walter Scott, Bd. 106 *Jahrmarkt der Eitelkeiten*, William Makepaece Thackeray, Bd. 107 *Jane Eyre*, Charlotte Brontë, Bd. 108 *Jugend ohne Gott*, Ödön v. Horvath, Bd. 109 *Jürg Jenatsch*, Conrad Ferdinand Meyer, Bd. 110 *Kabale und Liebe*, Friedrich v. Schiller, Bd. 111 *Kasimir und Karoline*, Ödön v. Horvath, Bd. 112 *Kinder- und Hausmärchen*, Gebrüder Grimm, Bd. 113 *Kleiner Mann, was nun*, Hans Fallada, Bd. 114 *König Alkohol*, Jack London, Bd. 115 *Krambambuli*, Marie Ebner-Eschenbach, Bd. 116 *Lausbubengeschichten*, Ludwig Thoma, Bd. 117 *Lavinia - Pauline - Kora*, George Sand, Bd. 118 *Leben und Lüge*, Detlev von Liliencron, Bd. 119 *Lebensansichten des Katers Murr*, ETA Hoffmann, Bd. 120 *Lenz. Der hessische Landbote*, Georg Büchner, Bd. 121 *Lieutenant Gustl*, Arthur Schnitzler, Bd. 122 *Lord Jim*, Joseph Conrad, Bd. 123 *Luise*, Johann Heinrich Voß, Bd. 124 *Madame Bovary*, Gustave Flaubert, Bd. 125 *Märchen*, Wilhelm Hauff, Bd. 126 *Maria Stuart*, Friedrich v. Schiller, Bd. 127 *Max Havelaar*, Multatuli, Bd. 128 *Meister Floh*, ETA Hoffmann, Bd. 129 *Michael Kohlhaas*, Heinrich v. Kleist, Bd. 130 *Minna von Barnhelm*, Gotthold Ephraim Lessing, Bd. 131 *Moby Dick*, Hermann Melville, Bd. 132 *Nathan, der Weise*, Gotthold Ephraim Lessing, Bd. 133-1 und 133-2 *Nils Holgersson wunderbare Reise*, Selma Lagerlöf, Bd. 134 *Niels Lyne*, Jens Peter Jacobsen, Bd. 135 *Nußknacker und Mausekönig*, ETA Hoffmann, Bd. 136 *Oliver Twist*, Charles Dickens, Bd. 137 *Onkel Toms Hütte*, Herriett Beecher Stowe, Bd. 138 *Peter Schlemihls wundersame Geschichte*, Adalbert v. Chamisso, Bd. 139 *Peterchens Mondfahrt*, Gerdt v. Bassewitz, Bd. 140 *Pinocchio*, Carlo Collodi, Bd. 141 *Reinecke Fuchs*, Johann Wolfgang v. Goethe, Bd. 142 *Rheinmärchen*, Clemens Brentano, Bd. 143 *Rinaldo Rinaldini*, Christian August Vulpius, Bd. 144 *Robinson Crusoe*; Daniel Defoe, Bd. 145 *Romeo und Julia*, William Shakespeare Bd. 146 *Schach von Wuthenow*, Theodor Fontane, Bd. 147 *Schachnovelle*, Stefan Zweig, Bd. 148 *Schatzkästlein des rheinischen Hausfreundes*, Johann Peter Hebel, Bd. 149 *Schelmuffskys Reisebeschreibung*, Christian Reuter, Bd. 150 *Schloss Gripsholm*, Kurt Tucholsky, Bd. 151 *Siebenkäs*, Jean Paul, Bd. 152 *Sternstunden der Menschheit*, Stefan Zweig, Bd. 153 *Tao te king*, Laotse, Bd. 154 *Till Eulenspiegel*, Hermann Bote, Bd. 155 *Tolldreiste Geschichten*, Honorè de Balzac, Bd. 156 *Tom Jones, Geschichte eines Findelkindes*, Henry Fielding, Bd. 157 *Tom Sawyers Abenteuer und Streiche*, Mark Twain, Bd. 158 *Troquato Tasso*, Johann Wolfgang v. Goethe, Bd. 159 *Traumnovelle*, Arthur Schnitzler, Bd. 160 *Trost der Philosophie*, Boethius, Bd. 161 *Über den Umgang mit Menschen*, Adolph Freiherr v. Knigge, Bd. 162 *Uli der Knecht*, Jeremias Gotthelf, Bd. 163 *Uli der Pächter*, Jeremias Gotthelf, Bd. 164 *Ungeduld des Herzens*, Stefan Zweig, Bd. 165 *Ut oler Welt*, Wilhelm Busch, Bd. 166 *Vater Goriot*, Honorè de Balzac, Bd. *167 Väter und Söhne*, Ivan Sergejeviç Turgenev, Bd. 168 *Verlorene Illusionen*, Honorè de Balzac, Bd. 169 *Von der Freiheit eines Christenmenschen*, Martin Luther – Bd. 170 *Von der Ursache, dem Prinzip und dem Einen*, Bruno Giordano, Bd. 171 *Vor Sonnenuntergang*, Gerhard Hauptmann, Bd. 172 *Walden oder Leben in den Wäldern*, Henry D. Thoreau, Bd. 173 *Wilhelm Meisters Lehrjahre*, Johann Wolfgang v. Goethe, Bd. 174 *Wilhelm Meisters Wanderjahre*, Johann Wolfgang v. Goethe, Bd. 175 *Wilhelm Tell*, Friedrich v. Schiller

Von demselben Autor/Herausgeber sind bei BOD bereits erschienen:

Alle Tage Feiertage
ISBN 978-3-7386-0409-2, 280 S.
Allerlei Anlässe zum Aktionieren, Feiern und Gedenken

100 Kinderlieder
ISBN 978-3-7322-3024-2, 112 S.
100 Kinderlieder, altbekannt und immer wieder gern gesungen

Liederbuch (Deutsche Volkslieder)
ISBN 978-3-8423-6702-9, 312 S.
300 Volkslieder aus 8 Jahrhunderten und aller Herren Länder

Sagen und Erzählungen aus Marburg und Oberhessen
ISBN 978-3-7347-8909-0 , 164 S.
Allerlei Schwänke und Geschichten aus dem Marburger Land

Tausenderlei über die Freiheit
ISBN 978-3-7322-9721-4, 140 S.
Mehr als 1000 Zitate, Bonmots und Aphorismen über die Freiheit

Tausenderlei über das Glück
ISBN 978-3-7322-5525-2, 160 S.
Mehr als 1000 Zitate, Bonmots und Aphorismen über das Glück

Tausenderlei über die Liebe
ISBN 978-3-8423-7474-4, 140 S.
Mehr als 1000 Zitate, Bonmots und Aphorismen zum Thema Nr. Eins

Weihnachtsgedichte– Verse, Reime und Gedichte zum Fest
ISBN 978-3-7347-6393-9, 352 S.
290 Werke bekannter und unbekannter Dichter zum Weihnachtsfest

Weihnachtsgeschichten - Erzählungen und Märchen
ISBN 978-3-7347-6404-2, 392 S.
85 kurze und lange Texte zur Weihnachtszeit

Weihnachtsgeschichten 2
ISBN 978-3-7481-7533-9, 360 S.
35 kürzere und längere Geschichten zur Weihnacht

100 Weihnachtslieder
ISBN 978-3-7322-3375-5, 112 S.
100 Weihnachtslieder aus der Heimat und der ganzen Welt

Lob und Tadel an tessitore@web.de